开学第一课

依据国家教育部和中央电视台
联合主办的《开学第一课》活动
··········· "我爱你，中国！"主题拓展原创版 ···········

掌心里的爱

中央电视台《开学第一课》编写组 编

时代文艺出版社

图书在版编目（CIP）数据

掌心里的爱 / 中央电视台《开学第一课》编写组编.—2版.
—长春：时代文艺出版社，2016.1（2023.7重印）
（开学第一课）
ISBN 978-7-5387-4952-6

I. ①掌… II. ①中… III. ①中国文学—当代文学—作品综合集 IV. ①I217.1

中国版本图书馆CIP数据核字（2015）第257195号

出 品 人　陈　琛
责任编辑　徐　薇
装帧设计　孙　利
排版制作　隋淑凤

掌心里的爱

中央电视台《开学第一课》编写组 编

出版发行 / 时代文艺出版社
地址 / 长春市福祉大路5788号　龙腾国际大厦A座15层　邮编 / 130118
总编办 / 0431-81629751　发行部 / 0431-81629755
官方微博 / weibo.com / tlapress　天猫旗舰店 / sdwycbsgf.tmall.com
印刷 / 北京市一鑫印务有限公司
开本 / 710mm×1000mm　1 / 16　字数 / 120千字　印张 / 12
版次 / 2016年1月第2版　印次 / 2023年7月第3次印刷　定价 / 36.00元

图书如有印装错误　请寄回印厂调换

敬启
　　书中某些作品因地址不详，未能与作者及时取得联系，在此深表歉意。敬请作者见到本书后，通过以下方式与我们联系，我们将按国家规定支付稿酬并赠送样书。
　　E-mail：azxz2011@yahoo.com.cn

《开学第一课》编委会

编委会主任：韩　青　许文广

主　编：许文广

副主编：卢小波

编　委：张雪梅　骆幼伟　张　燕　吴继红

　　　　若　安　段语涵　齐芮加　乔　枫

　　　　贾　翔　仝瑞芳　娅　鑫　徐　雄

　　　　李　君　古　靖　邓淑杰　李天卿

　　　　曾艳纯　郜玉乐　孟　婧

《开学第一课》的价值

　　有人问我，《开学第一课》的价值体现在什么地方？我认为最重要的就是全社会希望并通过我们传递出来的价值观。多元是时代进步的标志，我们尊重不同的声音和价值理念，但是作为教育部和中央电视台联手举办的一项公益活动，我们要传递的是主流的、与时俱进又符合中华文明传统的价值观。

　　在2008年，我们通过《开学第一课》传递了抗震精神和奥运精神；2009年正值新中国60周年华诞，我们在象征着民族精神的长城，为孩子们播撒下爱的种子；2010年，我们告诉孩子们，一个拥有梦想的民族，一个不断仰望星空的民族，就是拥有未来的民族，人生的每一个阶段都需要梦想的指引、坚持和探索，而每个人的梦想汇集起来就可能成为国家的梦想、民族的梦想。

　　举办《开学第一课》三年来，我个人也有一个梦想，我梦想这项目光远大、朝气蓬勃的公益活动能够坚持举办十年，让它给这一代孩子的成长提供正面的、积极向上的力量，这就是《开学第一课》的意义所在。

　　我希望全社会的力量汇集起来，给孩子们一种价值观的教育，中央电视台愿意承担使命，连同教育部把这项公益活动做好。我们也欢迎全社会各界积极参与、支持，从出版、纸媒、网络、志愿行动、慈善事业等各个方面，加入到这个追逐共同梦想、打造恒久价值的公益活动中来。

　　由此，我亦十分高兴地看到《开学第一课》系列丛书的出版，我相信时代文艺出版社正是基于我们共同的理想，以出版的力量为孩子们的未来创造了更丰富的阅读食粮，为《开学第一课》的精神理念提供了更多样的传递方式。

中央电视台 许文广

目 录

001

第十一部分　开花的季节

第十二部分　想象空间

第十部分　走四方

第一部分

爱的年轮

虽然你不是如来佛，我却永远飞不出你宽厚的
手掌，那上面早已写满了爱的符咒……

——刘家喜《掌心里的爱》

父亲的眼泪

李梓浩

在我心中，父亲是最坚强的，我从来没见过他流泪。高兴时，他就微笑；生气时，他就阴沉着脸；忧愁时，他满目深邃。

星期六回到家中，天色已经不早了，吃过晚饭，全家围着炉子聊天。月亮、星星被厚厚的云遮住了，留给世界无边的黑暗。我一个人静静地坐着，一言不发。细心的父亲似乎发觉了我的不安与反常，转过头低声问我："没生活费了吧？这回需要拿多少啊？"看着父亲那布满银丝的双鬓，我低下了头，眼睛开始变红。平时快嘴的我，此时却呆若木鸡。父亲点点头，转身点燃一根烟开始闷头猛抽，偶尔抬头看看我，目光深邃却又黯然失色，好像有说不清的忧伤与愧疚。我的心被这目光刺得好痛好痛，便赶紧低头，不敢再与他的目光相碰……

当我鼓起勇气再次看父亲时，他准备上床了，双手按着床沿，瘦小的身子如蜗牛般慢慢地蠕动着，然后轻轻地躺在了床上，十分吃力的样子，最后长长地吁了一口气，眼睛慢慢地合上。此愁无计可消除，才下我眉头却又爬上了父亲心头。

第二天天刚破晓，父亲就轻轻唤醒了我，看着父亲布满血丝的双眼，我的心似遭了电击，鼻子酸酸的。

"来，帮我撑开口袋，我装两袋麦子。"说着，父亲转身走向那土坡似的粮仓。脚步有些蹒跚，背微微驼着。望着父亲的背影，我的眼泪刷刷地流了下来。

寒风开始肆无忌惮地刮了起来。母亲抱着侄儿走了过来，有点奇怪地问父亲："今天又不赶集，你怎么想起卖麦子？"父亲看了一眼母亲，又看了一眼我，显得像一个不知所措的孩子。突然，父亲转过身去，手在眼圈上不停地揉搓着。过了好一会儿，他慢慢地转身过来，红红的眼睛上闪着一颗晶莹的泪！

　　下午，父亲悄悄塞给我一百元钱。我紧紧攥在手里，感觉父亲的体温、味道还在上面残留着。临走时父亲叮咛："没钱了就说一声，可千万别委屈自己！该花就花，没了咱再想办法，总会有办法的。"说完装作很轻松很自信的样子，朝我笑了笑。看着父亲的笑，我的鼻子好酸、好酸，强忍着就要夺眶而出的泪。

　　怀揣着带有父亲体温的钱，我踏上了回学校的路。路上，那滴残留在父亲眼角的泪，一直浮现在我的眼前。

妈妈的礼物

王丽娜

我天生胆小，怕黑，晚上到隔壁同学家请教问题，也一定要妈妈陪着。

上了初二，路比以前远了。每天下了晚自习，妈妈都在我和同学分手的十字路口接我。

一天，妈妈对我说："丫，明天是你的生日。妈要送你一件特别的礼物。"我听了心里美滋滋的，哼着歌儿上学去了。

可没想到下了晚自习，天黑如漆，伸手不见五指。

十字路口到了，两位同学分别转向南北，只剩下我独自向东。我在黑暗中向妈妈常站的路边使劲瞅了瞅，没有妈妈！我想，可能是妈妈故意想吓唬吓唬我，练练我的胆子吧？便撒娇道："妈，快出来吧，你要把丫吓死呀！"可是，漆黑的对面一丝回音都没有。刹那间，我的脑袋"嗡"的一声，额上冷汗直冒，急忙双手捂脸，蹲在地上。度秒如年地等了一会，仍不见妈妈的身影。我暗忖：可能妈妈真的有事，来不了了！我万般无奈，只好壮着胆子自己走。刚走十几步，就听身后有脚步声跟着，"嚓嚓"、"嚓嚓"……我的头皮一阵发麻，头发仿佛竖了起来，我急忙停下脚步，侧着耳朵仔细听，没有声音；又蹲下身，前后左右搜寻，也没有人！难道真的遇到……我不敢想下去，吓得差点哭出声来。正在恐惧占据心扉时，我想起妈妈的话："丫，练练你的胆吧。世上哪有什么鬼神，都是自己吓唬自己的！"妈妈说的话一下子鼓起了我的勇气！我猛地站起，高唱着军训时学的《打靶归来》大步跑起来。唱到大约十遍的时候，大汗淋漓的我终于回到了家。

我的心还未完全平静下来时，妈妈回来了。她看着我说："丫，妈今晚有急事，没来得及去接你，吓着了吧？"我不想让妈说我"都这么大了，还胆小如鼠"，就说："哪儿啊，您女儿已经长大了！"

从此以后，我没再让妈放学接我。直到半年后的一天，妈才告诉我，那天晚上，她一直悄悄跟在我后面。听着我变了腔的呼喊，想着我害怕的样子，她心疼极了，几次想走出来，最后还是忍住了。

听了妈妈的讲述，我一下子扑到她的怀里说："妈，那是我收到过的最好的生日礼物！"

如果……就……

向　鑫

晚上，我正埋头做功课。旁侧的妈妈捧起弟弟的课本，大念："用'如果……就……'造句！"弟弟刚上学前班，竟有这样的"难题"。

"如果，表示条件状语……"我不假思索就嘀咕了几句，"就，表示转折……"我竟把英语和语文中的解释及相关知识说了出来。转头一看，却看到了两张呆滞的脸。我这才发现自己失态了。

"这要怎么造句啊？"弟弟的眉毛像两条毛毛虫一般挤在了一起，显得十分苦恼。

"这简单！"我爽快地说，弟弟马上向我注目。

"如果明天下雨，我就不用上学。"我大声念了出来。这可是最经典的造句啊！我都用了不知多少回了。

"你乱说！"弟弟马上打断，撅着小嘴，大声否定，"如果明天下雨，我们还不是要上学？"

我一听，顿时就蒙了。对啊！如果明天下雨，我就真的不上学了吗？

"别瞎说，千万别误导你弟弟！"妈妈打岔了。

"应该这样造句。"妈妈清了清嗓子，"如果摔倒了，我就爬起来。"妈妈一脸陶醉，非常得意。

"你也乱说！"弟弟又发话了，这回还双手叉腰，颇有几分恼意，"明明不是我自己爬起来的，都是你们扶我起来的！"

我和妈妈听了，心里"咯噔"一下，有些挂不住脸面，又不便反驳。

这也不行，那也不行，就来个有深度的吧！

"如果给我一个支点，我就能撬动地球！"

"啊！"弟弟十分惊诧地叫了一声。也对，这虽是名句，可弟弟才上学前班，怎么会懂这些。

"哎！"我和妈妈不约而同地长叹了一口气，这么简单的造句，竟难倒了两个大人。

　　"我知道了！"弟弟蹦了起来，十分兴奋，"如果我是青蛙，我就要吃害虫！"

　　我和妈妈心虚地对视之后，马上撇开视线。

　　"就写这句！"妈妈底气十足地决定。

　　弟弟也在一旁开心地起哄："如果我是青蛙，我就要吃害虫！"

（指导教师：刘家振）

掌心里的爱

刘家喜

早春，寒气逼人。我拉拉衣领，将脖子缩了缩。明天是"三八"妇女节。看着街边商店那一束束美丽的康乃馨，我更加窘迫。因为，搜遍全身，我也没摸出半毛钱，平时花钱"大手大脚"的习惯，对我真是一种嘲讽。但我也知道，她不喜欢那些东西。

白墙，红砖，青色的水泥板，还有屋顶几根飘忽的枯草，这就是我们的家。但我不在意，也不奢求。因为，为了操持这个家，她已经很累了。

我悄悄溜进自己的房间，以为这样便可安然地混过一天。但脑海中总浮现出她对我的好———一种毫无瑕疵的不期望回报的付出。想起她厚着脸皮低声下气地向别人借钱时的表情，想起她寒风中瑟瑟发抖的身子，我的心便很疼。原来，我最不在意的却是自己最在意的，她是我的养母———一个从未组成自己的家庭却把我视为她全部生命的女人。

我咿呀学语时，她便出现在我的生活中。因为年龄还小，听说"后妈"很坏，就不敢靠近她，一放学便悄悄地溜进自己的房间。后来，她为我的学费四处奔波，四处碰壁，却总能在开学报到前将学费塞到我手里。以前，我认为这是天经地义的，以致忽视了她常被胃病折磨得整夜合不上眼却不敢呻吟，怕惊扰了我；忽视了锋利的刀口划破她的手指时，她却草草包扎后忍痛微笑……

房门"咯吱"一声被打开，暖暖的余晖映衬着她佝偻的身影，有点踉跄的影子被夕阳拉得老长。她笑着问我肚子饿不饿。我冒出一句："你的头发好乱，像稻草堆一样。"她没有生气，随意地说："是吗？我怎么不觉得。""自己照一下镜子不就知道了？"于是，她拿起那个锈迹斑斑的摩托车后视镜将自己打量了一通，依旧显出一副无辜的表情。

我拿起一把桃木梳跑过去，硬将她摁在椅子上。她像平常一样生气地说我"三天不打，上房揭瓦"，但话语中我分明感到一份亲呢。

我沉默着将木梳从她头顶慢慢往下滑，动作很轻。我的手指穿过她斑白的头发，不觉颤抖起来。她老了，不经意间，满头的青丝就有了风霜的印迹。

梳子顺着她的头发缓缓滑落，当我再一次重复先前的动作时，她笑了，露出一排歪斜的牙齿，眼睛和鼻子拧到一起，很难看。时间真是残酷，须臾间她所有的青春岁月就被搁浅在时间长河的彼岸，蓦然回首，如镜花水月，可望不可即。

她依旧笑着，却多了几声哽咽，睫毛也不堪泪水的重负，微微垂了下来。我心里酸涩，却愤愤地说："你哭我也哭！"并假装哭得很大声。她赶紧静了下来，而我的眼泪却如决堤的洪水。她就是最疼爱我的那个女人吗？她还是那个当年我"畏惧"的后妈吗？时间改变了一切，却没能改变她对我的爱，更没能改变我和她之间远胜血缘的亲情。

时间总那么无情，带着她跑得那么快，我竭尽全力飞奔着去回报她的爱，却怎么也赶不上岁月催她老去的步伐。只是对一句话感受很深："虽然你不是如来佛，我却永远飞不出你宽厚的手掌，那上面早已写满了爱的符咒……"

餐桌上的爱

黎可欣

新年的曙光为我们的生活披上了一件彩纱，爸爸革除"懒"的旧习，特地为我和妈妈备了一碟"面粉酸甜排骨"，尽管没放盐，但新的一年里，如果每天都能享受爸爸做的鲜美菜肴，家里从此不就少了个大懒虫？

一星期后，我推开家门，一股浓浓的香味吸引了我，满目青翠映入眼帘，我审视着那万绿丛中隐隐醋睡的圆溜溜的大胖子——我最爱吃的青豆——垂涎欲滴。谁竟用苦瓜炒青豆？做功课苦，待在学校苦，苦瓜苦，世界上的苦我都要尝？我正疑惑，爸爸一脸"坏笑"地从厨房里走出来，好一个先闻其"香"后见其人。"女儿，来尝尝老爸本年度的第二道菜——兼苦愤豆！""艰苦奋斗？"我一下愣住了，我确实需要艰苦奋斗了，中考的钟声蕴藏着惊人的一响，眼看同学们个个扬起风帆，鼓足勇气，"沉舟侧畔千帆过，病树前头万木春"，我不奋斗，怎么能行？尝着苦瓜丝丝的苦，我品出了人生津津的甜。

又一个周末，一盘红彤彤的"巨龙排"（排骨）向我敞开热情的怀抱，我挥着筷子"嗖"地将它夹起，便张开大口开始享用。"咔噔！""哎哟，这么硬！"但我舍不得丢下，在那玩意儿上疯狂乱啃，留下一堆乱糟糟的牙印，直到牙支持不住。"这叫什么菜？"我气呼呼地问。"'坚持到底'。老爸的拿手好菜。"噢，又在惩罚我做事半途而废。"那……我怎样才能'坚持到底'？""勤啃（恳）。"爸爸认真地说。我认认真真地啃完了难啃的骨头，也啃出了新的信念。

小小的菜，多少真情多少爱。曾经在餐桌旁指指点点玷污美味的菜肴，曾经握着长"眼睛"的筷子在菜碟间挑来挑去……"曾经"就让它成为永远的"曾经"吧。我想，今后还是多些时间细细品尝这份餐桌上的爱，让自己快乐地行进在洒满阳光和爱的大道上。

（指导教师：苏湘莲）

外 婆

曹 霞

　　一头灰白的齐耳短发，一顶棕色小棉帽，一身洗得发白的灰棉袄，一条沾满灰尘的黑布裤，还有一双磨破了的布鞋。棕色皮肤上如同狰狞的蠕虫般冒起青筋，细细的皱纹从眼角向四周扩散，最后汇聚在额头成为一个又一个深坑，嘴唇总是干裂发白，灰色的眼球似有若无地布满了血丝，总是直勾勾地盯着你，却又有一种说不出的孤寂和哀伤。她便是我的外婆。

　　外婆一共有六个孩子，妈妈是最小的。她用原本细白的双手，开垦了门前的土地，村里分的土地，也全种了蔬菜。她用原本就瘦弱的身子，哺育了六个孩子，直到他们长大成人。然后，她用布满老茧的手和厚实的臂弯，照顾我这一辈的五个孩子。那时，她已经是一个满头白发的老人，而闲不住的她，还想重新操起锄头。无奈，征用土地将她唯一可忙活的东西夺走了。可是，她还是禁不住在门前种下了一株株幼苗。抚摩那些幼苗，她似乎又找回了可以照顾的儿孙。

　　外婆识的字不多，不会说普通话，这无疑使她与我们交流不顺畅。虽然两个哥哥和我都很尊敬她，但我们实在不习惯用方言夹杂着普通话说话，这无异于把可乐和烧酒同吃。再加上外婆耳朵有些不好使了，这就更增加了沟通的困难。于是，每次外婆叫唤哥哥们和我："斌啊，康啊，小霞啊，最近学习好吧？要认真听的啊，知道吧？"我们总是敷衍，每每总是惹得外婆暗自伤心流泪。

　　前些天，她又来给我们送菠菜，仍然是扯着喉咙喊我妈的小名。我忙着下楼去拿。站在楼梯上，望着眼前这个年过七旬的老人，突然觉得很凄凉，望着她那孤寂的背影，鼻子很酸，无法忘记她回眸时深深的一眼，那一眼似乎包含了无奈、不舍、难过、留恋，还有孤独……

（指导教师：张和忠）

父爱深深

杨丽强

父亲生在农村，长在农村，在他的生活里，只有无边无际的云天和层层叠叠的远山。就在这山旮旯儿里，几亩薄田，便是父亲的所有财产。父亲心比天高，硬是把我送出了山外，蓦然回首已过了四年。

忘不了，父亲送我走的那天。

早秋天气，凉风习习，父亲扛着我的行李，走在我前面，没有言语，却又胜过万语千言。望着父亲身上破旧的衣服，望着父亲那被压弯的腰，望着父亲那已白掉了一半的头发，我心里一阵酸楚。

终于等到了车，很多人涌向车门，父亲紧跑几步，抢到车门前，用胳臂为我撑开一小块空间。看我坐好了，父亲推开车窗，把头伸了进来，叮嘱道："去了学校好好照顾自己！"车发动了，父亲隔着玻璃冲我喊："好好学习！"车已经走得很远了，远远地仍能看见父亲模糊的身影。

我走出了大山，带着希望，来到了新的学校，那年我刚十四岁。

开学后的一天，父亲来了，我难以形容当时的惊喜，父亲穿的还是那身衣服，头发很乱，在院子里把钱塞给了我，连一口水也没喝，就急着要走，他说："我得赶车去工地。"我没说什么，默默地把父亲送到校门口，目送父亲远去。学校的大喇叭此时又放出了那首歌："父亲是儿那登天的梯，父亲是那拉车的牛……"歌声久久回荡在我的耳边。

时光飞逝，期末过后，我没能考出如意的成绩，顿觉无颜面对父亲，心里充满了愧疚感。父亲知道成绩后，沉默了一阵，然后对我说："没事，只要你好好念书就行，爸不在乎你的名次。"那一刻，泪水模糊了双眼。

这世界上有很多种情，最难割舍的是亲情；这世界上有很多种爱，最让人感动的是父爱。父亲的爱伟大，也细腻。

正如人们所说的：站起来，父亲是世界上最高的山；弯下去，父亲是世界上最坚的桥；躺下去，父亲是世界上最直的路。所有的父爱连起来，便成了汪洋大海。

（指导教师：李阳海）

孙欲养而亲不待

伍海鸿

在我的生命里，奶奶永远像春天，只有温暖，只有爱。

父母一直在外地工作，我很小的时候就与奶奶相依相偎，奶奶是我最依恋的亲人。虽然现在她离开了我，但我依然深深地眷念着她。

与奶奶在一起的岁月里，是她每天早早起床精心给我准备可口的早餐，是她每晚在老樟树下眺望我放学归来的身影，是她日复一日地在灯下陪我把"树枝体"变成今天秀丽工整的"漂亮体"，是她在我生病时二十四小时守护在我身边……奶奶就是一棵大树，我是在她的树阴下渐渐长大的。

想起奶奶，有一幅画面永远定格在我的心中，那就是"诗意晨练图"。清晨，一群老人在广场上挥洒热情，有的打着太极，有的舞着宝剑，有的跳着扇子舞，活跃一点的在跟着音乐做老年健美操。虽然动作不怎么规范，但大家都非常投入，非常认真，没有人在意自己的动作是否规范，姿态是否优美。他们所追求的只是一种自我满足的夕阳情怀，一种舒心惬意的运动之乐。

奶奶也在这些人中。只见她一袭白衣，两把红扇，左一招"宝钗扑蝶"，右一式"白鹤亮翅"，紧接着便扭动肥胖的身子有点笨拙地来了个三百六十度转身，同时还抬起她那不大灵活的老胳膊"三抖白衣宽水袖"，给人的感觉是活力四射。我则一个人坐在一旁的石头上，不停地喝彩叫好。舞完扇子，奶奶还要舞剑，总要弄得汗流浃背才"收工"。那时，奶奶的身材比较臃肿，衣服好像快要包裹不住身体似的，样子很像唐老鸭，但她红润的脸上总洋溢着笑容，既可亲又可爱。

晨练过后，我跟奶奶走在回家的青石板路上。我总爱蹦蹦跳跳地走在前面，踩着奶奶被太阳拉得老长的影子玩。只要回过头去，我总能看到她永远是眉角弯弯地在慈祥地对我笑。记忆中，那时的太阳光芒总让奶奶整个人融入金色中，腰里别着的红扇和手里的剑也镀了一层金边，很像是古时代表皇权的圣旨和尚方宝剑。有时我走得急了些，奶奶不追也不赶，只是在后面细声喊着："别摔着……"

这条路一走就是五年。后来，我被父母接进了城，在奶奶病危的时候，我才回去看她。那一刻，我只觉得奶奶消瘦不堪，原来穿着显小的衣服，现在却像一件超大码的衣衫套在她身上。她走不动了，剩余的时间只能在椅子上度过；她笑不动了，眼睛也睁不开，只有眼角的泪水告诉我：她爱我。我心里有无限的酸楚：本想等长大成人后好好报答她的千般恩情万般爱，谁知却是孙欲养而亲不待……

如今，奶奶已永远地离开了我，我只能把对她的想念藏在心底，祈求她的灵魂能在她所信奉的耶稣面前安息。

（指导教师：周平）

015

第一部分 爱的年轮

妈妈的眼神

郭 雨

我爱妈妈那双美丽的大眼睛，熟悉妈妈的每一个眼神。妈妈的眼睛对我来说就是大海、就是天空，能让我尽情地体验美和享受爱。人们都说眼睛是心灵之窗，我就是从妈妈的眼睛里读懂了妈妈对我的无限关爱。

记得上小学时，我就发觉，妈妈在我写作业的时候总爱注视我，更确切地说，当时的感觉是在监视我。难道她对我不放心，怕我搞小动作？我很反感，便回过头来冲她喊道："看什么看！"这时妈妈就有些不好意思地轻轻关上门走了。我暗下决心好好学习，考上重点中学证明给妈妈看，我有自立的能力，不需要她的监督。功夫不负有心人，我终于考到了四中。奇怪的是，妈妈并没有改掉她原来的"毛病"，仍是在我专注学习的时候偷偷地注视我。那一天我实在忍不住地问道："您看我干什么，难道还对我不放心吗？"妈妈终于说出了"真相"。忙碌了一天的妈妈就喜欢看到我专注学习的样子，注视我是她的一种享受，看着我，她所有的疲劳和烦恼都烟消云散了。我如梦初醒，此时的我真真切切地感受到妈妈那目光充满慈爱。那一天，我感觉自己长大了。

上初中后，第一次数学考试才考了六十多分，我不知道如何向妈妈交代，只能心虚地告诉她成绩还没有出来。早已知道成绩的妈妈表情突然严肃了起来，直勾勾地看着我。我的心里好难受，羞愧地低下了头，但我仍能感受到妈妈注视我的目光。我猛地抬起了头，眼泪流了下来。"妈妈，我错了，我不应该欺骗您，我考得不好，我就是这水平了……"我呜咽地道出了憋在心里的话。妈妈等我平静下来，开始帮我分析失败的原因。望着妈妈坚定而信任的目光，我又重新找回了自信，及时改进了学习方法，后来，成绩明显提高了。

在妈妈慈爱的目光中，我一天天成长。总有一天我会展翅高飞的，妈妈，请您不要为我担心，无论飞到哪里，我都会感受到您那充满关爱的眼神；无论遇到多大的困难，我都不会屈服，因为有您那慈爱的目光……

悠远的二胡声

陶　然

　　其实，我大伯的外貌没给我留下什么印象，只有他拉的二胡乐曲，常常让我听得如痴如醉。那如丝如缕、如歌如泣的二胡声，在夜阑人静的时候，穿透了岁月的隧道，在我的耳边时时响起，伴我成长，并教我怎样去面对生活。

　　第一次听到大伯演奏二胡，是在我童年时一个暮春的傍晚。我牵着牛，从田埂上回家，天灰蒙蒙的，压得人喘不过气来。天下起了毛毛细雨，田里是新插的秧苗，在轻轻摇曳。远方，有几只白鹭展开洁白的翅膀，自在地飞翔，又如几片白云无声地落下，雾一样的轻盈，又梦一般的空灵。

　　就在这时，一声极细极短的颤音，如蝴蝶的触须，轻轻地刺入我心底的最柔弱处。这是一种我从未听过的声音，我牵着牛，那声音又牵着我，让我朝大伯那简陋的院子里移去。

　　渐渐地，几声颤音之后，那曲调越来越清晰，那节奏也越来越连贯。那曲子时而如行云流水，不着一丝痕迹地滑过；时而像山谷幽泉，激射而出；一忽儿如鹰翔碧空，漫天白云悠悠；一瞬间如冷谷鸣泉，一路慢慢悠悠而来。我的心仿佛跟着它爬过屋后的一座又一座山，趟过山前的一条又一条河。我待在那儿，仔细地看着大伯，他握弓的手急剧地拉动，双眼微闭，头随着曲调的高低快慢而俯仰，仿佛眼前的世界已不复存在，心已融进了琴弦中，那里积聚着人们一生中的大悲大喜，大苦大乐：有无奈，也有抗争；有大声呐喊，也有热血喷射……

　　许久许久，曲调渐渐活跃，但不再有欢快，如久冻的田野里探出几根小草，又似越过湍急河流的舟楫，经历了狂风骇浪后已有些伤痕累累了，但依然要驶过大海。曲调已进入平和乐段，像融入大海的急流，不再喧闹，呈现的是宁静与大度……许久，一切都平静了，远去了，消失了，头顶仍是一片灰暗的天空。

从此，只要我摇摇晃晃地在田埂间穿梭时，便有那声音穿透时间与空间的帷幔，破空而来，犹如天籁。那是我大伯奏出的曲子！

大伯没有儿女，大妈去世很早，她没能够沐浴到改革开放的春风。大伯凄苦地生活，坚守到最后，穿着他那件灰旧布衫，怀着对美好生活的向往，溘然长逝了。但他那悠扬凄婉的二胡声给予我的震撼与教益却是刻骨铭心的。它教给我怎样以一颗平和的心去面对人生的挫折与困厄，怎样在恶劣的环境中始终恪守着自己不可放弃的生活信念。

（指导教师：王代福）

父亲的脚印

佚　名

　　"沙沙"的春雨渐渐地停了。我推开教室的窗户，一股馨香的泥土气息扑面而来。梧桐树叶上挂着的水珠，闪闪烁烁。那条通往校门的大路被春雨浸润后，再经行人一踏，留下了一行行清晰的脚印。我记忆的琴弦一下子被拨动了。朦胧中，我仿佛又看见路灯下，在那条茫茫的雪路上，父亲留下的一行脚印……

　　那还是在两年前我上初中的时候。母亲去世早，由父亲带着我们这一大群孩子，家境的艰难是可想而知了。可是，父亲仍然"望子成龙"，竭力支持我到区里的中学读书。到离家十里路的区镇上学，需要自己带饭。没有了母亲，做饭的事就由父亲包了下来。父亲总是做了面饼，在每个星期天晚上送来，因为他白天下地。

　　有一天，下雪了，我望着那一片洁白的世界，心里很不安。今天是星期天，是父亲送饭来的日子。每个星期天，我都盼着父亲来，哪怕他什么话也不说，只要我们能默默地坐一会儿，只要看一眼日渐衰老的父亲，我心里都会感到暖暖的。可是今天，一想到父亲将在雪地上蹒跚，我又希望他今天不要来。我忐忑不安地上完自习，夹在同学们中间走向宿舍。刚准备踏进寝室，我惊呆了，一位瘦小的老人，佝偻在门旁，提着一个鼓鼓的包。"爸爸！"我惊叫着扑过去。

　　雪还在纷纷扬扬地飘着。屋檐下，父亲的外衣落满了雪花。我努力抑制住眼泪，搀扶着父亲走进我的宿舍。

　　"下自习了？"父亲的声音嘶哑无力。

　　"嗯。"我应了一句。

　　我接过了父亲做的面饼，幸福得直想哭。让他在我床上休息一会，他却一动不动地站着。过一会儿，从口袋里掏了点零花钱给我，就急着要走。

父亲那年才四十，但额上五线谱似的皱纹，已记载了他全部的辛苦；他的头发已经变得花白，每一根白发都记载着他生活的坎坷。看来，父亲在我刚上自习的时候就到了，怕影响我学习，就一直挨到我下自习课。他穿的衣服并不多，在雪夜里，冻得直哆嗦，还直对我说："不冷。" 父亲刚走了几步，又回来了，告诉我，最上面的一个饼中夹着他当晚炒的菜，是我最喜欢的大葱炒鸡蛋，要快吃，还热着哩。然后，头也不回地走了。

昏暗的路灯下，雪还在飞舞着。我呆呆地注视着雪地上那渐渐向远处延伸的脚印。这脚印，与其说印在雪地上，倒不如说烙在我的心坎上。这一行脚印，越来越远，脚印的尽头，父亲的背影也愈来愈小……

至今，父亲那脚印仍深深地印在我的脑海里。

暗香·爱香

佚 名

小A曾经对我说："你身上有股特别的香气。"

我不明白，这香气出自哪里。

直到有一天，当我换下演出服，重新穿上自己的衣服，我才明白暗香从何处来。

清晨，阳光如流水般洒在院子里，轻轻流淌。

"吱——"的一声，我推开熟悉的大门，奶奶的背影映入眼帘。

又是那股熟悉的味道，暗香涌动。

我疑惑，难道是洗衣粉的味道？

我走近了。像往常一样，奶奶弯着腰坐在古老的木盆前，将手浸在水中不断地上下搓揉衣服。

"哗，哗，哗……"随着那有节奏的流水声，香气越来越浓，一群白色的泡泡淘气地撞到了木盆的边上，又一小群牵着手笑盈盈地跳到地上，而大多数涌上了奶奶的手，爱怜地赐给奶奶犹如天使般的吻……

奶奶的手在泡泡水中若隐若现，她的手不像母亲的手修长而又年轻，也不同于父亲的手刚强有力，她有她独特的味道，像铁树花那样有着岁月的芳香。

奶奶的手不断地搓揉着衣服，似乎有什么注进了衣服里。就在这一瞬间，我明白了，奶奶在长年累月的洗衣服中，将充满着爱的香气，注进了洗衣水中，长留于我的衣服上……

"想什么呢，昨天的衣服干了，在沙发上，快把睡衣换下。"奶奶催我……拿起沙发上的白衬衫，暗香再度浮动，沁人心脾，那是洗衣机转不出来的，是洗衣店熨不出来的。

奶奶用她的生命全心全意地爱着我们，爱意融入了衣服中，围绕在我的身边，透进了我的心中，芬芳了我的生命。哦，那爱的暗香。

不肯死去的心

佚　名

　　或许，在血脉亲情之上，爱永远都是倾斜的。也正是有了倾斜才看到了不死的希望，才有了不破的梦，才有了爱的延续。在人的一生中，青年时代是精彩亮丽的，中年时代是充实丰富的，可又有多少人注意到老年时代的响亮有力呢？

　　外婆得了老年痴呆症。先是不认识外公，坚决不许这个"陌生男人"上她的床，共同走了过五十年的老伴叹着气睡到了客厅。然后有一天，外婆走出家门就不见了踪影，好在有派出所民警的帮助才将老人家找回。原来，她一心一意想着童年时的家，不肯承认与现在的家有什么联系。家人哄着骗着，才终于将外婆留了下来，但她又忘了她一手带大的外孙外孙女，以为我们是野孩子，要来抢她的饭。她一边用手护住饭碗，一边用拐杖打我们："走开，不许抢我的饭。"弄得一家人哭笑不得。

　　幸亏外婆还认识一个人——自己的女儿。每次看到她，外婆脸上都会露出异样的笑容，叫她"欣欣，欣欣"。每到傍晚，外婆就拿个凳子坐到楼下，唠叨着："欣欣怎么还没有放学？"其实欣欣的儿子都大学毕业了。家里人看准了这点，每当外婆闹着要回自己家时，就恫吓她："再闹，再闹欣欣就不要你了。"外婆立刻便会安静下来。

　　有一年国庆节，来了远客，母亲亲自下厨。客厅里，外婆的动作极其怪异：她朝四周看了又看，就像一个准备偷糖的孩子。当她确定没有人注意她时，迅速夹了一大筷子菜放在口袋里，主客见了都大惊失色，却又装作没看见。只有外婆一个人兴高采烈，以为自己的手法十分高明。那顿饭吃得很艰苦。

　　当上完最后一道菜后，母亲也坐了下来，一边同客人客套，一边拿起筷子从盘中夹菜。这时，外婆"嗖"地从座位上弹了起来，一把抓住母亲的手往外拉。母亲莫名其妙，却只能顺从地起身。

　　一到厨房门口，外婆便警惕地用身子挡住众人的视线。然后，掏啊掏，从口袋里掏出刚才的菜，放到母亲的手上。"欣欣，你快吃呀。"母亲愣住了，看着那还冒热气的菜，半晌，抬起头，使劲儿盯着外婆异样的笑脸，"哇"的一声，大哭起来。

　　我想，外婆的"结尾"是响亮有力的。虽然，她的灵魂已在疾病折磨中慢慢死去，但永远强健的，是那颗不肯死去的母亲的心。

妈妈的手

侠 名

小时候，总爱牵着妈妈的手。那时，妈妈的手如同一个温暖的小鸟窝，我的手，就像一只刚起飞、什么都害怕的小鸟。每一次被妈妈的手握住，我都会感到一种莫名的快乐，似乎有一种力量贯穿了我的全身。被妈妈的手牵着，我就什么都不用怕了，不用担心摔倒，更不用担心受伤。

可是，大约在读小学四年级的时候，我的手不愿再牵着妈妈的手了。我努力摆脱那双"魔爪"。每当和妈妈一起出门，我总是故意把手背在后面，让妈妈无处可抓。我不怕别人说我背手的样子像个"小老头"，反倒在心中洋溢着"踏破贺兰山阙"的快感。

一次，在商场门口，我不情愿地被妈妈牵着。忽然，我看见了班上的一个同学。我立即把手从妈妈手中抽出来，结果把新买的苹果撒了一地。同学见了，急忙跑过来帮我捡苹果。我愣在那里，望着同样呆滞的母亲，我从她的眼中读出了失落和无奈……

回到家里，妈妈默默地做她的事去了。我回到卧室，却坐卧不宁。我感到后悔和自责，妈妈的手就那么令人讨厌吗？我牵着妈妈的手就会被人耻笑吗？……那一夜，我想了好久。

第二天，我和妈妈一起去姥姥家。上汽车的时候，妈妈习惯性地来拉我的手。可刚摸到我的手，就赶忙缩了回去，像做错了什么事似的。坐在车上，我偷偷地观察妈妈的手。妈妈的手本来就短，多年的劳累又使得它伤痕累累，岁月无情地在妈妈那双手上堆砌了一层厚厚的老茧。看着看着，我的眼睛湿润了。我鼓足勇气，坚定地抓住妈妈的手，抬起头看到妈妈的眼睛里溢满了幸福和满足。

妈妈的手，曾扶着我学走路；妈妈的手，曾为我缝补衣裳；妈妈的手，曾给我拿过书包；妈妈的手，温暖着我的心房。我们没有理由拒绝妈妈的手。昨天，妈妈牵着我们的手；明天，让我们勇敢地牵起妈妈的手！

第二部分

诗意地散步

　　我走在树丛中，感觉到远望时从未体味到的心境。树枝间不是静谧的，而是喧闹的，色彩和芳香在树林里燃烧，推推搡搡，嘻嘻哈哈。树没有馥郁的香气，只有像薄雾般若有若无的淡淡香气萦绕着我，像阳光不经意间遗留在枝丫间的乳白纱巾。

　　　　　　　　　　　　——姜思雨《树的馨香》

最爱马长嘶

秦树升

风声，雨声，声声入耳，我却独爱马长嘶。

千百年以前，浩浩荡荡的秦国军队开始了扫灭六国的战争……

将士们策马直奔，雄浑的呐喊声令人心悸。唯独令人悦耳的是茫茫沙场上的一声声马鸣，那声音悠长，似是豪壮的发泄，悲愤的呻吟，在鲜血染红的战场上，马也在为战士们哀悼。它长啸一声，将那无限悲壮与忧愁注入了人们心里，可又充满了豪放与激情。这声音让人振奋，在声声马嘶中，不可一世的大秦王朝建立了。

又是在那一望无际的草原上，天地之间无比广阔，那些健壮的野马尽情狂奔，它们如一阵轻风，一会儿就踏遍了草原上的片片绿茵，它们在天与地之间无忧无虑地狂奔，同时又发出了愉快的嘶喊。这雄壮的声音，不正是生命的活力所在吗？

观马遥遥奔去，听马声依旧。那无羁的野马，为了自己的理想，永不停蹄，到处播撒奋斗的活力，它们在向我昭示：活着就是要奋斗。

即使是贫穷人家的马，也不失马之本色，在简陋的小棚里，历经风吹雨打，烈日田地间经受磨炼，但它忍耐了，它相信它的力量，把那无限苦痛都付之悠悠一鸣中。

无奈时，它压抑地叫；痛苦时，它悲壮地长鸣；孤独时，它仰天长叹；遇知音时，它满足地叫。总之，它没忘记自己是一匹马。

纵然是小马驹，也有着马鸣的特色，它们最自在了。虽然没有战马野马的奔放，但它们天真无邪，每次长鸣，都代表无比的欢乐，又不失马鸣之特色。

空旷的原野上的奔放的长啸，是狂放的野马的风格；苍茫沙场上的悲壮的嘶叫，是豪放的战马的宣泄；破烂的草棚里的压抑的哀鸣，是无奈的老马的呻吟。

这每一种马的叫声，都代表着一种生命状态。

从马鸣中，我体会到了要像马一样，每一天都要奋斗，永不停息。

把自己的欢乐、忧伤、压抑都赋予仰天长啸中，用豪壮的声音激励人去奋斗、拼搏。这正是我喜欢的马鸣！

香　草

薛　炜

从没想到小草会有那么浓郁的香气。

或许生活过于忙碌，节奏太快，或许内心太过于急躁，无法静下心来……倘若这些都是理由的话，那么我真的不曾安静的，在夕阳西下的时候，在晚风袭来的时候，坐在草地上，与小草深情凝视，不曾看她们窃窃私语，不曾看她们在风中舞蹈，不曾看她们在雨中摇曳，甚至从不在乎她们初春的嫩绿、盛夏的苍翠，更不用说去用心品味小草是否有香气了。

我总觉得小草是平凡的、寂寞的，即使她们的生命力再顽强，也没人为她们驻足。她们没有牡丹的华贵，没有菊花的高雅，更不用说拥有茉莉、百合、玫瑰的香气了。这是我一直以来自以为是的想法。

那天放学回来的路上，老远就闻到一股清凉的味道，四处搜寻，却没发现是哪一种花的香味。

让我诧异的是，这浓浓的香气，竟然是除草机在修剪草坪后，从那些被修葺过的小草中散发出来的，我的内心感到深深的愧疚和震撼。小草不仅是我们生活的点缀，不仅有外表所显示的平凡，不仅是具备顽强的生命力，它还拥有一种更美好的品质——内心美丽，但是不张扬，不炫耀。

由此我想到了许许多多平凡的人们，他们为生活忙碌着，奔波着，没有人细细地品味他人所具有的美好的品质，有的都是陌生、距离，眼眸中是疏离、冷淡。即使再近，也觉得心是那么的遥远。

真的，我不想像小草一样，被修葺了才让人闻到香味。让每个人都丢掉冷漠，每个人都放松自己，每个人都把自己内心最善良、最美好的品质释放出来。美好的东西，就是自己身上所蕴涵的香气，当你把美好的品质表现出来的时候，就会自然地散发一种香气，从而吸引人们认识你，靠近你，喜欢你。从而让这个世界更和谐，更幸福。

每个人都来释放这种美好，生活就会更美好。

树的馨香

姜思雨

一

操场的边上，种着一排大树，洋溢着夏日的绿意——绿叶在金色的光华中熠熠生辉，却有几点微露鹅黄的颓败之感。两棵高大笔直的杉树带着秋天特有的棕黄和夏天旺盛的绿意穿插在一起，如同蓝天与白云的搭配那样完美，像春天里的一个梦，像梦里的一声钟。每天的风景都不一样，因为总有树叶不断凋零，静静落在泥土上，也总有叶子不断新生。新生与死亡同时出现时，那感觉很微妙。我在树叶的兴奋中，看到空气的无形舞蹈，在树叶的闪光明灭里，觉察天空的秘密心跳。

二

从星期一到星期五，那排大树下停满了脚踏车，树下的景象似蒙着面纱的怨女，被"面纱"阻隔。可到了星期六，那女子便揭下面纱，向世人展示她的靓影。我依旧倚在栏杆上，重复着只属于星期六的节拍，不停地挥手，看自己的影子在树上跳动，心中蓦地生出一种温暖的感觉，一种莫名的友好。但今天不只我的影子在向我招手，我看见楼的影子也在树叶上晃动，它也在向那片绿意招手，或者说，是在向自己招手，寻找一种无法言喻的感觉。

三

　　偶然走到操场，接近那些树，竟猛然发现这里的视角与楼上的大不相同，而且我闻到了树的香气，淡淡的。

　　我走在树丛中，感觉到远望时从未体味到的心境。树枝间不是静谧的，而是喧闹的，色彩和芳香在树林里燃烧，推推搡搡，嘻嘻哈哈。树没有馥郁的香气，只有像薄雾般若有若无的淡淡香气萦绕着我，像阳光不经意间遗留在枝丫间的乳白纱巾。如同远处那缥缈的歌声似的，空气中飘着他们轻轻的梦呓，而我却没有黑夜的耳朵，只能任它们从我身边溜走。我倚在树下，看着天的蓝从叶与叶的间隙中慢慢渗下来，看着阳光投下的斑驳的影子在不停地舞动。

（指导教师：曹华富）

微 甘 菊

段蓝宸

在漫长的铁道线上，在纵横交错的公路两旁，在那废弃的宅基院内，在砖石遍布、杂草丛生的地方，常会看到一种蔓上带着刺、叶像五角枫、生机勃勃、郁郁葱葱的植物，它叫微甘菊。

它没有龙爪菊那样美丽的花冠，没有金背红那样绚烂的色彩，就连一些植物学家提到它的名字，也会略感陌生。然而，它顽强的生命力、它身上那种一往无前的精神，却让所有的菊科家族深感自愧不如。

微甘菊的种子很轻、很小，冬春两季随风飞扬。只要风儿轻轻对它说"这儿就是你的家，这些温暖是给你的"，它就开始在那儿扎根生长。

种子落到地面时，它瘦瘦的，黄黄的，干巴巴的，谁也不会注意它。但几场春雨过后，几天阳光照耀，它就会抓住身边任何一点营养，把头伸到高处，然后向左、向右、向前、向后迈开脚步。特别是在多雨的秋季，它的脚步就像军人的步伐，不断向前。砖石挡不住它，它会织成一张网，把砖石盖起来；墙壁也挡不住它，它会越墙而过；小树也挡不住它，周围所有的植物都将成为它的俘虏，所有的空间都会成为它的领地。

人手不能碰它，因为它会刺到人的皮肤。耙子不能拉它，因为不坚固的耙齿会被它拉断。用镰刀将它割掉，第二天，在那残存的茎的周围你会看到一片湿土，就像战士流下的血。

啊，微甘菊，你太令人钦佩了！你朴实无华，一往无前，你用生命筑出的绿色长廊，使我深深震撼。

（指导教师：倪克俭）

秋日遐思

依　然

秋天来了，来得那么悄然，来得那么安静。当我开始真正去观察它时，它已走到了深秋。

花儿已经凋谢，小草也已枯萎，树干上仅留着稀稀落落的黄叶在风中摇摇欲坠。独自走在校园的小路上，脚下踩着枯黄的落叶发出咯吱咯吱的响声，周围没有喧闹的人群，只有静静走过的陌生人。

这个季节是寂寞的，寂寞的季节让人学会回忆与憧憬，回忆曾经的故事，憧憬那春暖花再开的季节。也许只有秋天才能让人学会沉默，学会静静感受自己或别人的内心。

天空没有太阳的映照显得有些阴沉，偶尔抬头仰视天空，会发现一群南飞的大雁有序地飞过。想那第一批南飞的大雁应该已到了终点，这批大雁的起程为何晚了些？是迷恋北方的秋日美景，忘记了归程，还是因长途旅行的劳累而略作停留？

秋天是一个容易伤感的季节，对我来说，这个秋天更是如此。又一次体会离家在外的生活，慢慢学会照顾自己。没有爸爸妈妈的呵护，没有朋友的陪伴，我突然觉得生活好孤独，当秋天来临的时候，我爱上了这个孤独的季节。漫天飞舞着落下的黄叶，夕阳的余晖也是黄色的。随手拾起一片落叶，叶片竟是湿润的，我想那一定是落叶的泪，是落叶对母亲的不舍吧。

今年的第一场雪即将到来，我爱的季节竟在不经意间悄悄走了，走得那么寂静，那么难以察觉。或许就是因为它的安静我才爱上了它，也许我就像这静静的秋天一样静静地长大了。

乡村晚色

王涓涓

天色晚了，太阳就要落到山的那一边，只留下半边羞红的笑脸，像喝多酒的红脸醉汉跌倒在乡村的那边，把水和天映得一半通红，一半金黄。

晚饭过后，劳累了一天的人们收拾完家务，都提着小板凳坐到小溪边乘凉。在幽静的小溪边、垂柳下，看着对面田里稻草青青，呼吸着新鲜空气，他们把一天的疲劳全忘了，有说有笑，轻松愉快。

太阳已经落山，西天的晚霞还没有褪去，那么红，那么耀眼。路边的花呀草呀都在徐徐晚风的抚摸下安静地睡了。夜来香却精神十足地梳妆打扮，准备迎接"黄昏音乐会"，她们用绚丽的晚霞做胭脂，涂红娇美的脸蛋；用金色的阳光做长裙，套上柔韧的腰肢；向小河哥哥要一朵浪花，插上自己五彩的秀发……河边的垂柳散下长长的发髻，取下艳美的蝴蝶结，俯下身去，让长发垂进流水中，静静梳洗着。河里的睡莲闭起了眼帘，弯弯的睫毛上还挂着小水珠。河里的小鱼和小虾们成群结队地游到水面，张大嘴呼吸着新鲜空气。偶尔也有跃出水面的鱼，翻个身又落入水中，溅起一圈圈波纹，使水中的倒影晃成一片。那映照在波浪上的霞光，又红又亮，随着波纹渐渐地扩大，闪烁着，滚动着，消失了，而那些树枝的倒影就像大虫子一般，一弯一曲地蠕动着。过一会儿，终于站定了，仍是很清晰的倒影。

"日落西山又黄昏，人投客店鸟归林"，形形色色的鸟儿都急急忙忙地往窝里赶，因为鸟爸爸要把找到的食物带回家，鸟妈妈要回去做饭。

夜幕徐徐降临，红霞逐渐消退，深蓝色的天空格外空旷，暮色弥漫，田野微微地散发着温暖的潮气。远方的土窑，近处田野里的稻苗，都在这似烟雾的潮气中变得模糊了。渐渐地，溪边的树木、小溪的水面也模糊了，整个村子都笼罩在无边的纱幕里。

　　天色越来越暗，深蓝的天空上出现了几颗星星，眨巴着眼睛，俯视着乡村傍晚的美丽景色。偶尔听到几声蛙声虫鸣，应和着井房里打水的辘轳声，也更加渲染出乡村傍晚的宁静。

　　一弯新月已隐隐约约挂在天空，喧闹了一天的小村终于沉沉入睡了。

（指导教师：李阳海）

听 雨

陈 硕

又下雨了，窗外的雨丝如银线般从灰蒙蒙的天空中倾泻下来，天空的颜色很暗，很压抑……雨丝又宛如细细的银针，牵引着无形的丝线，在天地间织出一张白蒙蒙的大网，包裹着所有的楼房。不少"银豆豆"调皮地打在房顶上，声音是那样清脆、透亮。雨点的生命是短暂的，正因为这样，它们享受完在天地间翱翔的刺激后，便竭尽全力地向地面冲刺，似乎要撞击出响亮的生命音符。这样独特的交响曲过后，留给人们的是大片空白。许多人在这片空白上填满自己的遐想与赞美，所赞美的无非是"一场甘露带给农民丰收的希望"。可实际上这些荣誉的归属者都是大自然。那么雨滴呢，谁记住雨滴了？它们洒落在地上后聚积在坑洼里，汇成了一面面小镜子，它们所折射出来的不仅是阳光和温暖，还有生命的色彩，心灵的光芒。大自然固然伟大，创造了许多东西，包括雨滴，但它也是由一草一木组成的，我们所呼喊的口号 "保护大自然"中所代表的是什么？遗漏的又是什么？

雨，还在下个不停，不同的是雨声中夹杂着钢琴的曲调，我坐在钢琴前，看着自己的手指在琴键上勤勉地翻动，觉得自己像一只被抽空灵魂的娃娃，连续不断的旋律将我的暑假填满，也将窗外的雨点串成一串串璀璨的珍珠项链。任何欢快的曲子在不爱演奏的人手中不过是白纸一张，就算死撑活挨地练习，曲调也是忧伤的，痛苦的。而在一位热爱音乐的人手中，一张白纸也能变成欢快的乐谱，比如说雨滴。我不太明白，为什么演奏生命之歌，他们也能如此轻快，当雨滴撞到物体时，它们将失去本来的样子，融进各种地方，可那滴落的雨滴声分明像芭蕾舞演员在跳跃后用脚尖轻轻着地的声音，那般轻盈。

雨滴，那么渺小，小到没人看到你的辉煌。因为你是如此短暂，可你的短暂却创造了生命的奇迹。那般轻盈，因为你的快乐在于短暂；而我的短暂却成了和快乐的连用词。短暂的快乐不等于快乐的短暂，心是透亮的，你可以在太阳下折射七彩光芒，但我可以用生命载着梦想飞翔。雨滴是一个伟大的生命，而人却可以创造奇迹，算是扯平吧。既然如此，就用自己的方式继续快乐下去。

　　雨停了，也许天快晴了……

那些花儿

王黎冰

外婆、外公的小院是我魂牵梦萦的地方。

小院被一道高高的围墙环抱，粉白的樱桃花儿伸出小手，挽住粉嫩嫩的蟠桃花儿，说唱就唱了起来，说舞就舞了起来，它们是造化的天使，它们是春天的精灵！

在春风的吹拂中，我与树一起成长，心情与花儿一起开放，一切美好的记忆，都发表在春季的天空下。我长大了，每次再去拜访树儿、花儿，它们都会展开枝丫欢迎我，树枝上载着熟透了的甜蜜和难以忘怀的幽香。那甜蜜，那香味，似股股暖流涌向我心窝。

每每在外婆的小院小憩，在树儿、花儿的陪伴下酣然入梦，总会梦见那一声声或远或近的蝉鸣，梦见自己赤着脚在田野里欢快地飞奔，梦见自己将斗架的青蚰蚰和紫蝈蝈拨开，梦见自己握住向日葵的花盘把它们转向背着阳光的方向……

梦里最多的是田间地头那一株株弱小的花儿，它们安静地匍匐在篱笆的脚下，生长在路边。每当收获的季节，农民最忙碌，这些花儿也开放得最明丽，每朵花儿都舒展开小小的花瓣，清香从花蕊中若有若无地散发出来。我将簇簇花儿捧起，放在鼻下小心地嗅嗅，然后不由得说：真香！

那些花儿是乡情的暖巢，是乡情的港湾，是乡情的留恋，是乡情的温馨。每当我想起外公外婆的小院，想起田野，想起那些花儿，永远都有栖息于斯、停泊于斯的感觉！

君子兰花

杨宇星

清晨，我打开窗户呼吸新鲜空气时，一盆长着一簇簇扁平花苞的君子兰引起了我的注意。没想到今年君子兰花开得这么早！意外的发现使我惊喜万分地欣赏起这盆花来。

多美的君子兰啊！四季常青的叶子上，一道道整齐地凸起的脉络向叶尖逐渐延伸，而且脉络紧随着叶片伸直、弯曲，最终汇合于叶尖。

一层层长而宽的叶片的中心掩映着几朵娇嫩的花苞，这花苞既不像梅花那样零碎，又不像月季那样硕大，而是由许多小花苞凑成一个圆形。单看其中一朵，觉得花苞有些扁，但又显出君子的风度。总看时却发现，这些大小不一、形状稍有不同的小花苞竟不挤在一起，而是均匀分开，各占各的一点位置。这大概就是它被称为君子兰的原因吧！

再仔细看时，竟发现花苞的颜色已开始变红了。淡黄色未褪尽，粉红色已稍露苗头，个别花苞的粉红上又微露点大红，像个美丽而又腼腆的曼妙少女。呵呵，我知道，盼望已久的君子兰花就快要开了！

果然，几天后，我终于见到了绽放的君子兰花：它像一个红红的大绣球一样，花朵通体呈大红色，仅在花瓣根部微微露出一点嫩黄。在大红和嫩黄的相互辉映下，金黄色的花蕊越发显得黄灿灿的，有几根还像小触须一样伸了出来，微微弯曲着，真像个调皮的小姑娘。

闻着君子兰花独特的清香，看着它油光光的绿叶，不禁感叹：春天真的来了。

掌声·笑声·欢呼声

倪上植

飞瀑·掌声

那击打的轰鸣声近了，近了。山路一转，忽地，眼前拉开了一面巨大的白布，它赫然挂在青山间，那白色的一幕幻化成无数巨马，奔腾着，咆哮着，从陡峭的山崖间倾泻而下。那豪放的奔涌，宛如锋利的刀，将山崖削成一把光亮的宝剑。如雷的轰鸣声震撼着我的心灵。掌声情不自禁地从我手中响起，与石破天惊的轰鸣交织在一起，升腾起一曲豪放的颂歌。谁能不为这奔涌山间的粗犷而震惊？涛声不断，掌声不绝。一股从未有过的快慰和豪放在心头涌动。

一条飞瀑挂峭壁，一道银白掠青葱，你涛声如雷，我掌声惊天。

小溪·笑声

溪是个淘气的娃娃，弯弯曲曲地流淌在山间。它一路哼着小曲，跳着轻舞，梳理着青山母亲柔顺的长发，抚摸着顽石弟弟圆圆的脑袋。看着那明净的纤尘不染的水，我不禁脱了鞋，卷起裤脚，把胖乎乎的脚丫伸进去，感觉那份清纯的欢乐。嘿，小溪一点儿也不害羞，竟和我玩起了挠痒痒，我咯咯地笑了，笑声中夹杂着童年的稚气，刹那间，心中勾画出返璞归真的点点清纯。

一潭活水齐膝绕，一丝清凉洗心间。你清纯活泼，我用笑声与你相随。

红日·欢呼声

　　星星眨眨眼，躲了起来；黑云翻翻脸，飘到一边去了。泰山上，无数双闪亮的眼睛有如摄像机的镜头，无数颗热忱的心顷刻间仿佛静止无声。看，一点红晕照亮天际，一个浑圆的脑袋一点一点地露出了笑脸。当它跃上天幕放出万丈光芒时，天幕成了它的舞台，台下众人升腾，一片欢呼："这是新的一天，这是新的希望！"

　　一轮红日跃天间，一帘银幕迎红晕，你朝气蓬勃，我欢呼雀跃，咱们一同向希望招手。

　　大自然敞开胸怀，激荡着浩浩长歌，那清纯空灵的双眸，泛着活泼、快乐与喜悦，那火红的心跳，用激情谱写希望。数不尽的掌声，数不尽的笑声，还有那贯耳的欢呼声。

　　大自然，感谢你慷慨的馈赠。

（指导教师：苏秀珍）

星的遐想

刘　璇

夜凉如水，风轻似梦。不闻人语，静了喧嚣；但听虫鸣，添了安谧。着一袭单衣，独立于草坪上，心中油然而生悠闲恬静之感，似乎空旷的天地间只我一人。仰望深邃的夜空，满天星斗争辉，像黑色大衣上缀满晶莹的宝石。我的绵绵思绪，放纵地飘向一颗颗星……

河汉真情

河汉浅浅，粼浪层层，跃动着无数银光。它的东西两畔，对峙着一双闪亮的星——牛郎和织女。他们脸上荡漾着淡淡的微笑，眸子里折射出融融的温情，梦一样甜美，酒一样醇香。也许是他耕地倦了，放下犁耙，擦擦汗水，喊着织女聊几句情话；也许是她织布累了，停下机杼，掸掸衣袖，问牛郎一声"辛苦"。他们面前，耸立着一道绚丽的彩虹——万千喜鹊筑成的桥，任他们朝来暮往。不再是天各一方，不再生离愁别恨，两人相伴到海枯石烂。哪有凶残狠毒的王母？勇敢的拓荒者终于犁开一垄爱情的沃土，揭开自由婚姻史的崭新的扉页。

我讴歌牛郎织女，你们为人间昭示了一个真谛——执着追求，才能拥有幸福人生。

北斗浩气

七颗星高踞在西北夜空，活像一只带柄的精致玉斗，钻石般闪烁着清辉。"尽挹西江，细斟北斗，万象为宾客。"古人豪情万丈时，把它们视作放歌浪饮的酒杯，该是怎样磅礴大气！永恒地坚守着一个位置，给迷途者指引方向，难怪有人说他们有"路标"的伟大灵魂。

"路见不平一声吼，该出手时就出手"，他们又何尝没有英雄的风采？我心中珍藏着一段惊天动地的故事：北宋末年，奸佞当道，民不聊生。天罡（北斗）地煞齐下凡尘，振臂一呼，应者云集，啸聚水泊梁山，高张反抗旗帜，与贪官污吏对垒叫战，直杀得百万官军鬼哭狼嚎，尸横遍野，为水深火热的苍生撑起一方蓝天。

我景仰北斗，你们为人间播下一颗火种——大胆的抗争，才能改变苦难的命运。

流星美范

一颗昏暗的星突然倾尽所有能量，刷地划破夜空的沉寂，拖着长长的炫目光焰飞逝。"流星！"我不禁脱口惊呼。

奔驰是流星的形影，璀璨是流星的华装，燃烧是流星的性格。

它匆匆逝去，生命短暂，却给宇宙增添了一道绝美的风景。没有依恋，没有彷徨，没有哀伤，它彻底牺牲自己，换取灿烂一瞬，演绎青春绝唱。引得多少文人墨客挥动如椽巨笔，为它流泪，为它喝彩。

我的记忆长河里，沉淀着一个美丽的传说：商纣失道，天下大乱，姜子牙垂钓渭滨，被周文王恭请出山，统率三军。他运筹帷幄，决胜千里，横扫强敌，凯旋班师，高筑将台而斩将封神，把一个个显位赐给他人，自己却一无所取，化作一颗流星，从此天涯孤旅。

我崇敬流星，你为人间树立了楷模——无私的奉献，才能赢得荣耀的光环。

神游天穹，一颗颗星犹如一个个瑰丽的音符，在我心灵的琴键上跳动，眼前似乎展开了一条宽广的大道，让我知道怎样潇洒走一回。

（指导教师：付敢泽）

蝶　儿

吴　娴

雨淅淅沥沥地下着，似乎有一种莫名的惆怅。

走进蝴蝶馆，看到一只蝶儿在翩翩起舞，又静静地、平平稳稳地飘落在了树叶上。"这是一只即将离去的蝴蝶，这是它最后的一点时间了。"管理员道。

原想安安静静地让它等待生命的逝去，可一位同学雨伞上的水却不小心淋湿了它，它痛苦地蜷缩在树下，翅膀却没有丝毫力气。我想它是在呻吟，虽然我们听不到它的声音。

这只是一只普普通通的蝴蝶，没有"珍眼蝶"动人，也没有"枯叶夹蝶"飘零伤感，有的是一种令人敬佩的英雄气概。

它再次试图飞起，那雨水仍在它的翅膀上迟迟不肯离去。经过一次又一次的奋斗，它终于一次比一次飞得高了，先是飞上了花盆，接着是小苗，再接着是大树，我看着它飞得又是那样楚楚动人，可谁知道它的艰难呢！

我想起了冰心的《成功的花》："成功的花，人们只惊羡它现时的明艳，然而当初它的芽儿，浸透了奋斗的泪泉，洒遍了牺牲的血雨。"

这只生命短暂的蝴蝶，又何尝不是呢？它所有的奋斗，不正是为了那短暂的展翅飞翔吗？

我们在生活中难免会与那只蝴蝶一样，遇到许多挫折，也许是生命的代价。但是，这并不要紧，关键在于你是否想过努力站起来。

奋斗吧，记住在最困难的时候，不要害怕，不要失望，成功会在终点等候你。

我抬头看了看窗外，虽然雨还下着，但似乎明亮多了，增添了几分生机。

（指导教师：汤杰元）

养龟趣事

宋 静

镜头一："烦不烦啊！又挡了人家的太阳！"

一天，我家的乌龟正趴在阳光处，舒舒服服地晒太阳。突然，妈妈抱着一床棉被走来，一下子就遮住了乌龟的阳光。它好像很不高兴，迅速睁开眼睛，眨了一下，不情愿地背着壳，挪动短小的四肢，换了个地方，继续享受日光浴。谁知，没两分钟，妈妈又来晒拖鞋，又挡住了乌龟的太阳。这一次，乌龟真的不高兴了，脑袋冲着妈妈，脖子伸得长长的，好像在说："烦不烦啊！又挡了人家的太阳！"

镜头二："讨厌！离我远点！"

有一次，妈妈买了些全身透明的虾回家，见乌龟孤零零地在盆里待得可怜，就随手拣了个小虾扔了进去。小虾一到盆里，立刻就躲到龟壳底下。乌龟倒也没怎么计较，看都不看小虾一眼。过了一会儿，小虾胆子逐渐大了，游到乌龟尾巴旁，用钳子夹乌龟那粗大的尾巴。乌龟尾巴一甩，小虾就被甩出去好远。又过了一会儿，小虾的顽皮劲儿又上来了，一会儿夹夹乌龟的爪子，一会儿在龟壳下钻来钻去。乌龟伸长脖子，恶狠狠地盯着小虾，仿佛在叫："讨厌！离我远点！"

镜头三："我冬眠啦！"

这几天，气温下降了一些，这只平日淘气得不得了的乌龟终于冬眠了。它趴在漂亮的盆里，一动不动，头和四肢全都缩进壳里，只留一根粗短的尾巴在外面。自从乌龟冬眠后，我们家就安静了些，再也没听见乌龟在水盆中的扑腾声，但同时也少了一份乌龟带来的欢乐。真心希望乌龟能做个好梦，来年能给我们带来更多的欢乐。

(指导教师：陈威)

第三部分

心香一瓣入玉壶

清清的熟溪水把环山如壶的壶山古镇一分为二，而木桥又把这两半古镇联成一体。远望木桥，如同一条水上长廊。盖着青瓦的桥顶，把木桥的轮廓从蔚蓝的天空中勾画出来。

——王思力《故乡的木桥》

相册的回忆

赵蕙心

同样的照相机，装上黑白的胶片，拍出黑白的照片；装上彩色的胶片，拍出彩色的照片。

同样的眼睛，装上黑白的心情，看到黑白的世界；装上彩色的心情，看到彩色的世界。

相片插入相册，美好的回忆便永远被珍藏了。

——写在封皮上的话

宝贝之歌

甜甜地睡在温暖的摇篮里，听着妈妈哼唱着摇篮曲，胖嘟嘟的小脸上映出淡淡的粉红色，嘴边流出一串幸福的口水，嘟囔着"给我一双翅膀吧，我要飞翔"。转过身，稚嫩的小手张开着，不停地在空中划动。明天，我等待着你的来临。成长，我接受你的挑战。未来，我要来啦！

"哇呜——"闭上眼睛打一个爽快的哈欠，"我还没睡醒呢。"一小步，又一小步，一步又一步，妈妈在前面拍着手："来，来！"爸爸在我身后松开了手，说："走吧！"我摇摇晃晃向前走着，两只手张开，急着要奔向妈妈的怀抱。就这样，我迈开了成长的第一步，虽然不知摔了多少跤，哭过多少回。

"妈——妈，妈妈，""爸——爸，爸爸，"我张着嘴吃力地学着。含糊不清地讲话，皱着眉头、眯着眼睛的样子，至今都是家人坐在一起谈论的笑柄，但我却自豪地喊道："多可爱啊！"

在家人的宠爱下，我迈出了成长的第一步。

童年之曲

"叮叮当，叮叮当，铃儿响叮当……"在幼儿园老师新教的歌声中，我迎来了三岁时的第一场雪。趴在雪中，虽然小脸冻得红扑扑，但仍捧着雪球不放，缠着爸爸帮我堆雪人。雪地上留下一串串小小的脚印，弯弯曲曲，笑声四处荡漾着。

我是个调皮的小孩，总是闲不住，坐不住，因此没少遭大人们的批评。我常常扯着"大喇叭"哭个没完，一抽一抽的。爸爸妈妈一说起我哭来就很开心。

童年在欢笑和哭泣中度过，我开始长大。

豆蔻之年

不知不觉，我成为一名小学生，戴着红领巾，跟一大帮同学自由地玩耍，过着快乐的日子。

从那时起，我开始接受外面的世界了，方式是旅游（那时叫"玩"）。记得很清楚，第一次出省是"飞"到云南。第一次看到大大的山，长长的河，第一次……从此我爱上了出去游玩。看着山水被我玩转，享受着其中的乐趣，真是妙哉。

冲着镜头微笑或大笑，记录下身后的椰树，海滩，帆船；搂着妈妈爸爸的脖子，记录下石窟，故宫，乐山大佛；坐在石头上，记录下泰山日出，黄山翠松，峨嵋猴子……记录下一切的一切。当然还要记录下课桌前认真听讲的我。

在欣赏和用功中，豆蔻年华消磨完了。我又向前走了一大步。

今天，我正在一点一点地刻画着人生，务必留下最好的回忆送给我的相册，以便今后翻看起来津津乐道。

明天……后天……

分享相册，分享生活。

——写在封底的话

故园三章

大先生

古 庙

古庙沧桑地走到今天，不知历经了几百年还是几千年。它古老的面容失去了年轻时的红润光泽，变得斑驳昏暗。古庙艰难地活着。

有时候，在晨曦中，在晚霞下，或是在微雨里，古庙也曾沉醉于它过去的辉煌：在庄严肃穆的氛围中，檀香袅袅，铙鸣磬响，和着低沉的禅唱……古庙代表着一种传统的文化，展现着一种古老的精神。

如今，无数古人顶礼膜拜的神仙菩萨们已不知被流放于何处。而古庙依然从容如故，尽管它经受了种种艰辛已经变得千疮百孔。所不同的是，如今的古庙代表着另一种文化传统，展现着另一种精神文明。

古庙做了小学的学校，古庙本身传承着封建宗教的血统，而今又给它注入了新鲜的文明因子。古庙成为一种矛盾，因而铸就了一种美。

这也算古为今用吧！

手摇铃

"丁零，丁零……"响起在儿时幼小的心灵里，萦绕在迄今思念的耳畔。手摇铃伴着我的童年，引导着我成长的脚步。

儿时，每当见到老师们摇响手摇铃，最羡慕那种怡然自乐的陶醉。铃声成了一种精神的寄托，一种理想的升华。

没有暮鼓的激越，没有晨钟的嘹亮。手摇铃仅以它自己的方式"丁零，丁零……"划破山村的宁静。铃声是一种信号，流动在山村人的脉搏里。铃声是一种召唤，响起在山村儿女的心中。

"丁零，丁零……"那一串串熟悉的歌声已成为我今生的相思和牵挂。什么时候能用自己的手去摇出那魂牵梦绕的铃声，已成为我执着追求的一个梦。

黄桷树

黄桷树千百年来一直站立在古庙前，和古庙相依相伴。它用固执的姿态迎接一次又一次风霜雨雪的洗礼。黄桷树以苍翠如初、挺拔如初的形象静静地注视着小山村的变化。沧海桑田的变迁，铸就了它坚定不移的信念。黄桷树超凡脱俗地活着，年复一年的沉默，只在心中悄悄刻下一圈又一圈岁月的痕迹。

黄桷树下是孩子们的乐园。这是一方净土，也是一方乐土。顽皮的男孩们会爬上它的脖子、肩膀和手臂；文静的女孩们则会静静地坐在它的脚下、身旁。这时，黄桷树会高兴得手舞足蹈，看着孩子们的嬉戏，它也会忆起自己的往事来。有时，黄桷树还会轻轻地抖动满身绿裳翠衫，却不会惊动树上歌唱的鸟儿。黄桷树上则是鸟儿的乐园，众多鸟类在这里栖息、歌唱、舞蹈。

崔嵬的黄桷树已挺拔了千百年，但它依然如处子般宁静，它静默地守候着山村寒来暑往，冬去春归。

湘西剪影

向香如

（一）

大山深处，有鹰尖利又苍浑地嘶鸣，年轻的猎手，背着刀剑，抬头望向天。

天空阴沉沉的，马上就要下雨了。湘西的多雨，他已经领略了二十一年。

他穿着一件布背心，裸露出来的黝黑的肌肉，印证着他血脉里流淌的湘西男子的霸气和勇敢。

鹰的鸣叫依然声声尖利，年轻的猎手，拉弓引箭，铆足了劲，只听得"嗖"一声，那支黝黑的箭便冲上了云霄，而那只嘶鸣不断的鹰，刹那间就没了声响，连呻吟也没有，就笔直地向下落，不远处的草丛里，一阵刷拉拉的响。

猎手拾起鹰，脸上一抹满足的笑，但猝不及防的，那只鹰居然再次睁开双眼，用它尖利厚实的喙，狠狠地啄向猎手的手背，一个巨大的血洞出现在猎手的手背上。

猎手手中的鹰滑向了地面，那只鹰终于死了，但它的眼睛没有闭上，它的眼睛里，盛满了骄傲和不屑。

猎手呆了，他也没有叫痛，任凭手上的鲜血滴滴答答地滴在地上，树叶上，草上。他强健的身躯，随着滴答的雨，轰然倒地。

他的脑海里满是那只鹰的身影。空气里满是血腥的味道。

雨下得越来越大。

这只鹰，真不愧是湘西的鹰。

这猎手，也真不愧是湘西的猎手啊。

（二）

风中有茶花芬芳的味道。头戴银铃冠的侗家女子，背着一个大大的竹篓，正一步一步地在山间行走。每走一步，头上跳跃的铃铛便会叮叮当当地响。走在这深山老林，她不会害怕吗？

她不会害怕的，因为她是湘西的女子，她的血脉里，亦有祖上传承下来的勇敢。就像这歌里唱的：还有风雨中的老山鹰，是我们侗家的图腾之心。

她秀美，但秀美里有英气，她不同于江南女子纤纤柔弱，手依杨柳春风醉，她手中一把牛角刀，只身独影在深山里行走。

在龙舟节上，她依然是一朵绚烂的花，开在众人的眼里，她的歌声亦是如此之美，美得连那奔流的沅水，也悄悄放慢脚步。

她提着绣花裙摆在竹竿中跳舞。袅娜的身姿，不知迷了多少人的眼睛。

现在，她背着竹篓去采药，她要将那悬崖边上的草药采到，这样才能挽救爷爷的生命。

她走过茶花林，所到之处，落英缤纷。

我的湘西，我的湘西！

我的山与水，我魂牵梦萦的湘西。

这里的一花一草，亦是如此迷人。

我的湘西。

故乡的木桥

王思力

一别故乡两年多了，真想念熟溪上的那座木桥。今天，我终于又来到了它的身边。

清清的熟溪水把环山如壶的壶山古镇一分为二，而木桥又把这两半古镇联成一体。远望木桥，如同一条水上长廊。盖着青瓦的桥顶，把木桥的轮廓从蔚蓝的天空中勾画出来。中段突兀地高出一个亭子般的屋顶，檐牙高啄，翼然欲飞。整座桥古朴而不呆板，匀称而不单调，无处不闪烁出智慧的光芒。

我拾级而上，踏上木桥。桥身全是木的，桥顶的瓦分为两层。中间部分，顶部突出高耸，八根大柱的上方都刻着浮雕：梅花鹿的头藏在树叶里；狮子的头向着河面，正在倾听水声；盘坐在莲花上的菩萨正对着来人——可惜菩萨的脸已被砸毁了。

从桥上往下看，桥墩的头是尖的，尾是方的，正如一只渡船。站在西侧桥墩的上方，恍惚间，"船"将载着你缓缓前移。再往左右望去，整座桥仿佛悄然上行……日头偏西，木桥连同桥上的人都清晰地倒映在水里，人在桥上走，影在水中游。

桥下看桥，另有一番情趣。桥墩是用青石条一层层砌起来的，恰似一柄巨斧。十墩九孔，桥墩上层层叠摞着大圆木，中间架着八九根两人才能环抱起来的巨木。令人惊奇的是这些圆木上竟看不到一只铆钉。因为这座百余米长的桥全是用一个一个的木榫连接而成的，就连一枚小铁钉也找不到。更为奇异的是，在桥上走，你听不出脚步声；在桥下，脚步声却十分清晰而响亮，若是单车骑过，那更是如响起一串惊雷。

故地重游，勾起了我多少回忆！多少时光，我背着书包，天天从这儿经过。我曾和小伙伴们一起迈着大步量过桥长，可是谁也量不准；我们曾惊诧于我们几个人还围不拢的大圆木，曾议论过桥下究竟是哪个神仙丢下的战斧；我还曾张着嘴听那一阵阵由远而近或由近而远的"雷鸣"；曾站在桥上，看那"船"缓缓移动。我总认为"船"会驶过秧苗青青的田野，驶过开满野花的大山，把我带到一个美丽而遥远的地方。

木桥，就像一首诗，叫我百读不厌，我每次登临都有新的体味、新的思索、新的发现。

（指导教师：周远喜）

红烧肉

李 梅

即使现在好吃的越来越多，但红烧肉的浓香仍然扑鼻诱人。现在人们更多说的是红烧肉如何有害健康，高胆固醇，殊不知，前些年红烧肉是欢天喜地过大年时才现身的，在记忆里还要有红对联、红窗花，嘈杂的来去人影，寒冷的空气，鞭炮的火药味，而这一切都是配角，主角就是桌上的一大碗红烧肉。过年就是为了吃肉，我那时就是这么认为的。多年以后看到《红楼梦》里的"鲜花着锦，烈火烹油"二句，第一个念头就是：呀，贾府天天在过年。

红烧肉的做法都差不多，但不同的人做出来的味道不一样。舅妈做的是又黄又亮的一大碗，每块都像李子那么大，肥肉也多，没有什么调料，但香气扑鼻，是肉本来的香味，也许是乡下自己养的猪好。我那时候还不喜欢吃肥肉，长大以后饱受减肥的营养不良之苦才知道当年认为腻的肥肉其实很养人的，补脑又补身，看着它闪耀着肥美丰饶的光芒进入嘴里渐渐地和米饭融为一体。在口中米饭与肥肉的关系就好比菜和盐，看似踪迹全无，其实无处不在，是功成身退的最高境界。 我妈妈做红烧肉要搁面酱，还有外边买的一大堆东西，出锅时红乎乎的冒着酱香，好像方便面袋上的广告画面一样漂亮，调料味也重，但我试过咬掉外边的一层皮，里面的肉还是怎么也吃不出调料以外的味道。还有人做肉要过油，这样好看，炖的时间稍长也不会碎，但味道却不敢恭维了。

不管怎样都喜欢红烧肉，因为那是童年珍贵记忆的一部分。我小时候很没出息，记得小学一年级时学校组织看电影，好像是关于某个政治家的吧，我连主角是谁都不记得，但快到结尾时演到村里摆宴席，光光的桌上摆着一盆红烧肉，一个小孩吸着鼻涕跑过来用手指在油油的肥肉上蘸了一下，边吮边细声细气地说："真香啊！"随后有个大人把他抱到腿上，然后很多人围过来，挡住了那盆红烧肉……只记得这一个镜头，很是为这段回忆脸红。后来晓得，马斯洛说人的五层需求中最垫底的那层是吃饱肚子。那么，一个孩子对食物，尤其是美食的本能向往也正是健康的表现吧。

到了今天，不是为吃肉而吃肉，而是吃着一种感觉与回忆，饭馆里很少有红烧肉这道菜，人们也不常会去那里吃，因为那是一种属于家和童年的感觉，流水线上再好的大厨也做不出家的味道，只有在家里吃才有的那种味道。即使不是乡下，在城里也是一样的。黄昏，路灯还没有亮的时候，穿过迷宫一样的胡同或楼群，走过昏暗的走廊，这时闻到了喷香的味道，香气指引着你走向楼道尽头的家门，推开门大家都坐在那里，只等着你一个，爸爸会说"你回来的正好啊，饭刚好"，而妈妈会把一盘汤浓肉厚的红烧肉端来，桌上也会配上清淡爽口的素菜。那时会觉得，全世界最好的地方就是家，只有家里才可以如此放松地坐下来吃美味的红烧肉，再抬头看一眼窗外的晚霞，楼下远方匆匆的人群，大概都是急着赶回他们温暖的家……

那朵栀子花

李 娟

一只灰色的布袋，噢，还有一封信。我躺在沙发上，饶有兴致地拆开封口。

落款是"桐"。桐！那个扎小辫、穿花裙的童年伙伴吗？啊，多年前的朋友！娟秀的字一个个跳出来："还记得五年前的那个夏天吗？我终于找到了你的地址，特把栀子花子寄给你，花开如见吾。"栀子花？我急切地打开布袋，一粒粒黑色的种子正如一个个饱满的小脑袋探出来。

她还记得？抚着一个个温暖的"小脑袋"，我心里就像有一弯溪水，潺潺地载着落花的芬芳温柔地流过。往事重现，细节一一闪过：雾里的山路，花间的彩蝶，我与桐手牵手在山间漫步，突见栀子花，我无比惊讶、狂喜，桐与我拉钩许诺给我花子……

今天，我抚着的正是那时许下的花子。瞧，这栀子花终于给了我一个抓住幸福与快乐的机会。我虽然知道这世间没有持久不变的事物，虽然明白时光正在一分一秒地流失，但总有一样东西更长远和更重要，总有一样东西值得珍惜与保藏，总有一样东西是我们相信并希望永远不变的，那就是友谊。

桐的诚信，让她的朋友在这个傍晚清楚地体会到了一种幸福，一种几乎可以听到、看到和触摸到的幸福，就算它最终远去了，她也很知足了。

我迟疑地张开双眼，窗外一道晚霞挂在沉沉的暮霭里，对我展现出一种永不改变的姿势和美丽，就像那朵仍在花间吐着芬芳的栀子花。

时光会逝去，而美会长驻。

（指导教师：谢政治）

第四部分

清月流殇

　　总有这样一种图腾，盛满生命的闪光之处；总有这样一种人，宁愿独步于千秋的史录；总有这样一种发现，雕镂人心，永不锈蚀。

　　　　　　——陈彦阳《骄子承载生命的图腾》

晓旭，你在天国可好

魏昊卿

　　我在寂寥的小巷里踽踽独行，孤独的阴霾笼罩着我，寒风伸出它纤细的手抚过我的脸庞。在这样的时刻，是很容易忆起一些往事，一些故人的。是的，我的脑海中浮现出一个曼妙女子的瘦弱的背影。挥去眼前的重重雾气，我认出，那，是陈晓旭——一位为黛玉而生，为红楼而生的可人儿。

　　晓旭曾说87版的电视连续剧《红楼梦》是她最美的梦。而这部《红楼梦》也让晓旭成了无数人心中的黛玉，梦中的黛玉。阳春三月，当所有花都在燃烧的时刻，黛玉，却独自扛上花锄，将一瓣瓣青春的碎片埋入土中，嘴中缓缓吟出一曲葬花吟。"一朝春尽红颜老，花落人亡两不知。"同是在这样花朵绽放的季节，晓旭鲜红的心脏停止了跳动。晓旭，你可知道，书中的黛玉夭亡，已让无数人惋惜动容，而你这无数人心中的、梦中的黛玉一去，又不知要令多少人淌尽泪珠啊！

　　一阵秋风吹过，枯萎的花朵随着秋风无力地飘落，如今，再也没有那用花锄将它们悉心埋葬的人儿了。

　　依稀记得去年5月，也是一个与今日一样的夜晚，听闻晓旭的死讯，我怀抱《红楼梦》独自流泪。轻轻翻起书页，恰好翻至晴雯死去的那一回。我忆起晴雯的话：我并不是死了，而是天上少了个花神，玉帝命我上天做芙蓉花神去了。我心想，或许晓旭也不是死了，而是到了天国，到了一个充满美好与纯真的地方去了。这样想着，我方才渐渐止住了内心的悲痛。

　　如今忆起晓旭，又不禁流泪。晓旭，你为何与黛玉一样薄命？空寂的小巷，没有人回答我的疑问。空中依旧盘旋着蟋蟀的悲鸣，像是为了纪念晓旭而吟唱的一曲悲歌。抽泣掩盖了我的思绪，我仰起头，忽而望见，远方有一颗很亮的星星在闪烁。童话里说，人间每逝去一个善良的人儿，天上就升起一颗闪亮的星。晓旭，那颗星，就是你吧？晓旭，你在天国可好？依旧幸福、快乐吗？

人间少了一块玉，天上多了一颗星。

寂寥的小巷，我继续踽踽独行，口中缓缓地、轻轻地吟出一首晓旭的诗：

骄子承载生命的图腾

陈彦阳

总有这样一种图腾，盛满生命的闪光之处；总有这样一种人，宁愿独步于千秋的史录；总有这样一种发现，雕镂人心，永不锈蚀。走近他们，发现——天之骄子承载了生命的图腾。

孤独王者

这位在费城历经十年沧桑的老将站在76人赛场，两篮对立，久久目视，更显得孤寂与荒凉，但，他，孤独的王者——艾弗森，依旧淡然一笑。

为何他没有掩面轻泣或略带哀怨？赛场的荒凉是否会销蚀他的青春韶华？艾弗森泯然一笑，他为76人队整整效力十年，十年让他浸透了打拼的汗水，以致如今容颜苍老，但为了给费城球迷一个交待，他忠贞不渝。面对转会的种种机遇，他选择了留守，也预示着他职业生涯注定只能独卧冰凉。这位身披3号战袍如风一样的球员，用他精湛的技术，用他优美的扣篮姿势，用他闪电般的速度，展现的是他内心的孤寂和困苦中不断挣扎的身躯。他孤军奋战，驰骋赛场，征战一生，无缘季后赛的他比战败的科比显得更加的孤独。十年让他与总冠军遥遥相望，但他在职业生涯中无怨无悔，因为他是孤独的王者。

他发现了生命的意义，是奉献承载了生命的图腾。

无冕之王

战火连绵的德国世界杯已渐行渐远了。诸家豪门老将的挂靴之战成为焦点——德意志老门神卡恩的封门亮场，费戈的最后出征……可最耀眼的当数法兰西一代中场大师齐达内，黑厚的面庞，如历经沧桑。最终的结果是他与冠军失之交臂，但在崇拜者的心中，他是当之无愧的无冕之王。

是他带领法国队一路跌跌撞撞杀到了决赛，用他老将的风姿送走了西班牙，送走了巴西。是他神奇的魔术脚让昔日的队友卡洛斯、费戈像英雄一样离开。他一路狂奔，一路长笑，犹如一道白影在乱军中奋力厮杀。转眼，那方洁白的衣角也消失在绿茵尽头。

展现在眼前的是这位三十四岁的法兰西悍将精彩的谢幕演出，一切都显得尽善尽美。可正所谓成也英雄败也英雄，当他一头撞向马特拉齐，主裁出手亮出血色方牌的一刹那，已经注定法兰西无力再捧起大力神杯。就这样，他犹如球王贝利、马拉多纳一样永远告别了绿茵场，即使最终他带领的法国队无缘问鼎大力神杯，可他的形象早已在亿万法兰西人心中定格，因为是他统摄了法国足球的黄金一代。在他的胸膛里澎湃的爱国激情证明了他已是无冕之王。

他发现了人生的情愫，爱国承载了生命的图腾。

有一群生活的骄子，从NBA赛场到绿茵狂潮，是他们承载了生命的图腾。

有一种生命，披一路尘土，尽数千载风流，高悬历史星空，纵横驰骋！

搭上"伦勃朗"号列车

唐丽群

一列快车，一列精神快车呼啸而来，穿过青春的原野，驶入我心灵的驿站。他是来自欧洲的"伦勃朗"号。不容迟疑，我飞身上车……

伦勃朗是我——一个绘画爱好者的偶像。

伦勃朗，17世纪荷兰的伟大画家。他没能使自己的名字像达·芬奇那样响亮，但他的作品独具风格，给人一种洒脱、飘逸、柔畅的感觉，既有中国画大写意的气势，又不失西方造型艺术的严谨作风，开启了造型艺术新的视觉经验，在绘画史上非常有特色。这正是我喜欢的感觉，它唤醒了我对绘画的渴望。

伦勃朗是搏击人生的勇者。他的不幸经历和非凡创造力印证了他的话："只有经历地狱的磨炼，才能拥有创造天堂的力量。"他是不幸的，但他凭借自身的精神在不幸中创造了奇迹。

伦勃朗十四岁考入莱顿大学法学专业，这足以证明他是天才。半年后，他毅然转入当地著名画师的画室学习绘画，开始了绘画之旅。他的一生颇富戏剧性。1631年的一幅《杜尔普博士的解剖课》使他成为当时最负盛名的肖像画家。17世纪40年代初，他的绘画达到辉煌时期。虽然生活开始优越，他的作品广为人知，但创作《夜巡》那年他的妻子不幸去世。50年代，他又因破产而变得一无所有。晚年，他的儿子也先他而去，但他并未被困苦潦倒的生活和不幸的遭遇击倒，依旧以最大的热情投身于创作。

罗曼·罗兰曾说："天才免不了障碍，因为障碍会创造天才。"是啊，天才伦勃朗命途多舛！在他六十三年的生命中，近三十年在艰难困苦中度过。他的不幸经历，让他对人生体会更深刻，催化了天才的生长。他的高超技巧完全融化在情感和思想的流动中，又最终超越了技巧的魅力而成了精神的化身，正是这种精神让我知道了在狂风暴雨中该如何前行。

当遇到挫折、抱怨人生不公时，我就会想到伦勃朗。我从伦勃朗精神的天空里带回一架迷人的彩虹装饰我的世界，同时也带回一朵云彩擦拭我缺乏自信的心灵。宇宙里不能没有生命，地球上不能没有绿草，人生路上不能没有伦勃朗不屈不挠、顽强拼搏的精神。

搭上了"伦勃朗"号列车，我奔向远方。

（指导教师：唐森林）

清月流殇

绛翎

看那长久密闭的天空，旷野一片瑟缩，我心亦很紧，似提上万重。人言天上宫阙九百九十重，我却在那最后一重的下方咏叹。却道是挽歌残泪，无尽愁。易安于双溪丧夫失家，心却又堕了几重呢？年年岁岁轮回不止，心说："嗫声。"我于是便强忍了眼泪，强作欢颜。

我爱吴国，火般妍丽，如泣如诉，神韵携着江南的妩媚与悲凄。罗贯中天马行空的栽赃嫁祸在正史的光焰下不言而喻，却依旧剁不去吴的柔润。我倾心于东吴双璧。如玉般和谐的二人却错误地降生于浮华乱世。陨于征战之旅的伯符，身中于吉巫蛊之箭，回天乏术，仅度过二十六年短暂人生，强牵做"殇"吧！千年泪血犹殷红。而公瑾呢？那个如瑜般的人儿，意气风发，英年早逝。唇角那抹惨烈的血丝丝下坠，滴于挽布之上。

却道是天妒英杰吗？这是一丝愁。纷乱的愁。

我爱伊人，颜如玉，踝如环，眼角一颗华美万千的泪痣，回眸一瞥百媚丛生，一笑倾城再笑倾国。纣王与妲己，两人在酒池与肉林中共舞，绫罗绸缎飞向天际，图得半世浮华，图得泪落长天。站在城池之上漠然冷视周军攻破城池，已亡的都城拜倒在妲己的石榴裙下，跪满长街。她们是亡国祸水，乱世红颜。却看代代王朝尽沥伊人红颜，皆丧伊人之手。默叹，粲然。

却道是天妒红颜吗？这是一缕愁。华美的愁。

"浮萍点水漪百尺，雨落云来露满星。彼岸有花香依旧，筌篌犹响岁如昔。君若南方烈朱雀，我亦北方清白虎。愿君今昔寻红颜，奈何桥岸莫湿襟。"曾在梦中惊鸿一瞥，那位纤细少女泪眼蒙眬地对郎君唱出我悲伤一刹的灵感，泪亦悄然滚落。

却道是人仙殊途吗？这是一厢愁。悲凄的愁。

只愿此生你我化蝶飞，翩舞于花间，莫要管他尘世烟波，切莫再回头。

清月在天空高悬，流光溢彩，纷舞于心底，惆怅万分。

留在我心底的风景

佚 名

撒哈拉之心

一望无垠的黄沙，连到天的尽头，让人心惊，让人畏惧。然而三毛选择了撒哈拉，选择了这片广阔的赤裸的沙漠。不大的房子，简单的生活。每天开着小吉普去沙海里兜几圈，等丈夫回家，看书，写作，如此而已。她的心是广阔的，赤裸的，简单的，正如这沙漠。她说："撒哈拉之心——那是我在这世上唯一的名字。"

065

敲钟人卡西莫多

巴黎圣母院副主教企图占有吉普赛女郎爱斯梅拉达未遂，便诬蔑她，使她被判死刑。圣母院敲钟人卡西莫多冒死将她救出。但教会又诬蔑爱斯梅拉达为巫女，将其绞死在圣母院楼顶。卡西莫多被这无耻的行径激怒了——他将副主教从楼顶上推下。之后，自己便死在爱斯梅拉达坟前。

铁打的保尔

一个普通工人的孩子，努力拼搏，顽强斗争，成长为无产阶级革命英雄。不怕牺牲，同外国占领军、白匪进行战斗。身带弹伤、双目失明、全身瘫痪，但却顽强地抗争着。他便是那钢铁打造的保尔·柯察金。

被缚的普罗米修斯

普罗米修斯为人类盗取天火，宙斯为了惩罚他，指派威力神和暴力神用铁链把他钉在高加索山上。但他傲然不屈，拒绝河神与众神使者的各种诱惑，最终在宙斯的雷电中沉沦于大地深处。

这些，留在我心底，成为一道道永恒唯美的风景。

第五部分

两颗甜到忧伤的糖

人生最大的痛苦不是肉体的痛苦，而是心灵失去寄托的痛苦，最大的美也不是于快乐中表现的美，而是于痛苦中盛开的美。

——梁莉蓉《读〈青铜葵花〉有感》

读《青铜葵花》有感

梁莉蓉

　　她，一个懂事乖巧、聪明美丽的女孩——葵花；他，一个不会说话、爱护妹妹的男孩——青铜。读完《青铜葵花》后，我的脑海中深深记住了这对兄妹，也记住了大麦地这个充满爱的地方，在这里，人们演绎着各种各样的生活。人间的冷暖，患难中的真情，淳厚的兄妹之情，父爱，母爱……

　　青铜，葵花。葵花，青铜。两者密不可分。

　　一只鸟独自拥有天空便感孤独，一条鱼独自拥有大河便感孤独，一匹马独自拥有草原便感孤独……葵花随父亲来到干校，没有母亲，没有伙伴。在父亲繁忙的时候，她只能独自坐在河边看对岸的大麦地。作为一个城里孩子，面对陌生的境地，她心中有自己的想法。她盼望自己变成一只飞鸟，摆脱没处可去的寂寞。不幸的是，她的孤独恰是那种鸟拥有万里天空的孤独。她在广阔的天空下飞翔，只听见翅膀划过气流时的寂寞声。她甚至看不见一丝云彩，她实在忍不住发出的叫声，只能显得天空更加空阔，而她的心则更加寂寞。

　　这个世界上虽没有同样的两片树叶，也没有同样的两条河流，却存在一种极其相似的孤独和寂寞。住在河对岸的青铜便和葵花有了这种在寂寞孤独中产生的缘分。若说葵花的寂寞是一只鸟的寂寞，那么青铜的寂寞更像是一条鱼的寂寞。他原本就聪明，自由自在，然而突如其来的事故使得他耳朵失聪，从此与世"隔绝"。他把自己的内心封闭起来，唯一的伙伴便是家中的那头牛。他每天骑着牛在田埂上游走，在大河里穿行，不理睬周围的一切。他独立而坚强，似一条在水中独自翻跳的鱼，特立独行，倔强得有些苍凉。没有人能猜透他的心思，他的世界就像大麦地的夏夜，梦幻一般。

　　青铜与葵花的偶遇恰似曾经听过的一首歌《飞鸟与鱼》："天高任鸟飞，海阔凭鱼跃。"这是渴望自由的一种境界，然而，当干净得如水洗过的青石板一样的天空只有一只鸟在飞，当浩瀚得如掉下的天空一般的海里只有一尾鱼的时候，那种寂寞的苍凉感不是每个人都能承受得住的。

在动荡的年代，在特殊的岁月中，两个寂寞孩子的心紧紧地靠在了一起，他们在无声的世界里相依为命，那是一种生死之约，是一种不解之缘。他们的命运就像葵花爸爸最为满意的那些作品——用青铜制作成的葵花，永远闪耀着清冷而古朴的光泽，给人一丝暖意。暖调的葵花与冷调的青铜结合在一起，气韵无穷。青铜表现出的不仅是一个小哥哥对妹妹的关爱，更彰显着一种男子汉应有的气概。在饿死人的年月里，他为葵花挖芦根吃，自己饿得眼冒金星，却舍不得尝一口。在如此困境之下，兄妹俩心里却始终充盈着一种满足与幸福，我深深为他们感动。在生命的极限中所表现出的"爱"是如此动人，在痛苦中盛开的美如此灿烂。

然而，动荡的岁月过后，城里的人突然想起特殊年月寄养在青铜家的葵花。为了"关心"这个受苦的孩子，硬把她带回城去，不管葵花是否愿意，更不管青铜一家人的痛苦。他们自以为好意，却硬生生把一对相依为命的孩子拆开了。这两个因为拥有了对方而不再寂寞的孩子又一次被推进了深深的孤独与寂寞中，葵花像一只被猎走的鸟，青铜则像一条失去了水的鱼。没有哭，没有闹，在这种安静中所流露出来的痛苦让人心雨纷纷。人生最大的痛苦不是肉体的痛苦，而是心灵失去寄托的痛苦，最大的美也不是于快乐中表现的美，而是于痛苦中盛开的美。

一些时光，一些人

郭天骄

读席慕容的书，应该在晚上。秋天的深夜，秋蝉也已睡去，世界一片寂静，可以听到玫瑰花开的声音，清脆的，纤细的。抑或应该在初夏的清晨，百合花上的露水微微打湿书页，微凉的空气里飘浮着模糊的花香，似有似无，若即若离。

可惜，都不是。读到她的书，是在一个冬天温暖的下午。阳光大片洒进房间，驱赶走所有的阴霾。翻开书页，那些浅浅的文字就好像一场纷纷扬扬的花雨，扑面而来。带着些许离别的感伤，又夹杂着它曾经盛放过的欢悦，满目欣喜与温暖。

那其实就是我们的未来，他们的过去——每个人都会走过的一段繁花似锦的时光。

想起前两天备战期中考试的时候，所有的副课一律改为自习，而所谓的自习不过是换了个名称的主课而已。看着各科老师频繁出现的面孔，每个人都不禁觉得未来一片黑暗。可后来，也就渐渐习惯了，习惯了每天天没亮就奔赴"战场"，习惯了每天被同桌戏称为"全主科阵容"的七节主课，习惯了每天中午一堆人一起边聊天边奋笔疾书的"一心二用"，习惯了每天晚上夜幕沉沉时和朋友们一起挤车回家……这就是我们真实的青春，有些累，但很快乐。

想起和朋友之间固执的别扭，偷偷写进日记里的心事，以及我们一起为一朵花的开放而快乐，为一片云的离去而悲伤，为老师的拖堂而怨声连连，为食堂的一次偶尔改善而欢呼雀跃……真希望日子就这样一直下去，真实的温暖触手可及。

一树花，无论它开得多么美丽，也终有凋谢的那一天，我们只能远远地看着花雨纷飞，然后在心里默默地想念那段繁花似锦的时光，这就够了。

为你疯狂

冯　琳

　　"月光，放肆在染色的窗边，转眼，魔幻所有视觉……"熟悉的旋律再次在耳边响起，蔡依林甜美的歌声又一次灌入耳朵，我提笔的手停在半空中。此时，所有的心思都被她的歌声吸引，就如同铁沙被吸入磁场一般。

　　《舞娘》是蔡依林的主打歌之一，这是一首充满异域风情的歌曲。流畅的曲子，朗朗上口的歌词，配上光波舞还有超炫的彩带和韵律球，给人一种独特的视听感受。

　　这首歌词写得极好，"白雪，夏夜，我不停歇，模糊了年岁，舞娘的喜悲没人看见。"加上蔡依林独特的歌喉，让人忍不住停下来欣赏。舞娘是阳光的、坚强的、拒绝诱惑的。也许正是这样，偶尔的柔弱让人忍不住心疼，这首歌将舞娘的悲欢展现在人们眼前，感动着人们的心灵。

　　这首歌更是一个突破口，让蔡依林的音乐跨入一个全新的境界。蔡依林手持三尺彩带做出一个个不可思议的高难度动作，劈腿，朝天蹬，腾空飞跃，旋转，每一个动作都极其优美，充满力量，不仅展现出力与美，更表现了舞娘专注认真的精神。而蔡依林这次的外型也让人惊喜，既有异域风情，又有淑女气质。雅致与多彩同步，复古与休闲牵手，引起一股时尚新风。

　　她每一次光鲜亮彩的表演，都成为媒体的焦点。她令人惊讶的蜕变，见证了现实世界里，一个青涩的女孩变成童话里的公主的传奇！

071

清秋之美

——《金粉世家》读后感

刘菁菁

　　她，叫冷清秋，是《金粉世家》的女主人公。真是人如其名，她总给人一种冷冷的感觉。她的不善言辞，她的自我隐藏，注定了她最终爱情冰封的结局，注定了她最终命运冷清的结果。但她的高傲、她的坚强、她的对生活炽热的爱，都深深地震撼着我的灵魂。

　　清秋的出场给人一种清新的气息，其实她自己最像她的最爱——晨风中一株带露的百合。浅蓝色的上衣，深蓝色的褶裙，随风而舞的长辫子，托出她素净淡雅的气质。用"清水出芙蓉，天然去雕饰"来形容她最恰当不过了。怪不得金家的七少爷会对她一见钟情。虽然清秋身世平凡，但她活得很清醒，能看穿世间纸醉金迷的虚荣，所以，她一次次拒绝了七少爷的殷勤。

　　然而，清秋骨子里也是一位感情丰富、热爱生活的女孩。所以，当七少爷为了她，不惜离开青梅竹马的白秀珠，不惜离开豪华舒适的金家大宅而住进破破烂烂的小瓦屋时，面对七少爷的付出和真诚，清秋动心了。于是，在一片铺满向日葵的金色海洋中，他们荡漾起爱的浪花。

　　他们的爱如烟花一般绚丽，也如烟花一般易逝。因为清秋太坚强了，她不爱倾诉，却习惯一个人默默承受痛苦、忍受委屈，将一杯杯苦水独自吞咽。而这竟让他们的爱情走上了绝路。糊涂可怜的七少爷随着环境的改变，又回到了白秀珠的身边，他的内心好像已尘封起对清秋那份赤诚的爱。后来，一场大火又唤醒了这份爱——当清秋抱着孩子逃出大火时，他又一次触摸到了清秋的心跳，可是他却无法再走进那场大火，去挽回清秋的心。

　　他与她坐着两列开往不同方向的火车擦肩而过……

　　清秋，这朵洁白至清的百合，虽暗香浮动，却散落风中无觅处。但是，她的一颦一笑一嗔一怒，她的那种至柔至刚的美却永远烙在我心中！

（指导教师：王芳）

心 音

唐雪卉

那个春晚，我被一首《吉祥三宝》深深打动，被一个小女孩的声音强烈震撼。那甜美的歌声至今回荡在耳畔，仿佛一只云雀展翅向山谷飞翔，一声高昂的鸣叫，冲破山间的空寂，掠过山谷，只有细切的流水声应和着它。

我聆听着歌中每一个音符，觉得这甜美的歌声似乎融化了一切，消散了一切的阴暗，抖落了一切的尘埃。

开始喜欢这首歌，是因为女孩可爱至极的声音，她毫无修饰的声音让我沉醉其中。后来才明白，真正打动我的，是这首歌的清新与纯洁，纯净的蓝天，纯净的白云，似乎容不得一丝污染。这首歌里，我看不到阴云，唯有灿烂的阳光照射着大草原上每一个生灵，充满了关爱，让人想起"天苍苍，野茫茫，风吹草低见牛羊"的意境。

优美的旋律将我带到草原中，享受阳光的爱抚，聆听牛羊的倾诉。我看到，那深深浅浅的绿，忽隐忽现的绿，零零散散的绿……和谐地展现在我眼前。天高云淡，薄如轻纱的浮云飘荡在浅蓝色的天空中，悠闲自得。清风徐来，携带着草赐予的清新、花赐予的香气轻盈地与我擦肩而过，远处传来悠扬的马头琴声。

原以为骏马奔腾才是草原的景象，那一刻才知道柔美的草原别有一番风味，更令人沉醉。

这首歌依旧在一阵驼铃声中结束，却与开始的那种神秘不同了，多了一份耐人寻味。歌声虽然已经停止，却依旧在我的耳边回荡。

情归天涯何处

——读《墓畔哀歌》有感

薛冰清

从小便迷上了金庸笔下神奇的爱情，令狐冲与任盈盈的超越帮派之爱，郭靖与黄蓉的生死不渝之爱，杨过与小龙女的浪漫之爱……因为现实中找寻不到，武侠小说便成了我的释放之处。然而随着岁月流逝，我意外触碰到你们几十年前的爱情，不由珠泪点点。

莫道不销魂，帘卷西风，人比黄花瘦。与高君宇月下漫步河边的情景还历历在目，你那经历严冬尚未冷却的心却一下子沉寂了。那座孤冢如何解读你的情深一片？昏昏沉沉，多少事，欲说还休，春夏秋冬，尽成镜花水月。从此再没有哪个人为你遮风挡雨，为你披荆斩棘，你的人生骤然失去了航向。你只有每日望窗外梧桐更兼细雨，到黄昏，点点滴滴。转瞬间，不再红颜年少。

可曾想起林黛玉，用一生的眼泪偿还宝玉点点甘露？她的悲哀太重了，重到整座大观园都无法承载。她自封为潇湘妃子，恰占据了两处烟波，似乎是命中注定，她的一生离不开一个"水"字。纵然洛神凌波微步，却仍旧无法操纵星的轨迹。宝玉哥哥最终没有属于她。在那个时代，她的故事成为唯一的泪痕。与之相比，评梅姐姐你还是幸运的，至少你曾经拥有过。

也曾想起易安，在那个战火纷飞的年代，她是悲哀的女人。她带着全部家当追随那个她所信任的朝廷，可那个王朝抛弃了她。从那时起，她就不再是写《点绛唇》的天真女孩了，凤凰台上忆吹箫，她将丈夫送到前线，送夫千里，多少事，欲说还休。她日夜等待，等来的却是阵亡的噩耗。评梅姐姐，你与她的遭遇何其相似，只是你为什么不坚强些，更好地活下去？

生不能同屋，死终于同穴。你和高君宇合葬于陶然亭，你们的墓志铭激励了多少英雄少年："我是剑，我是火花，我愿生如闪电般耀亮，我愿意死如彗星般迅捷。"陶然亭无语，停滞了峥嵘岁月。

记得很久以前看《风云必胜》，有一句台词："情是一杯毒酒，天下却有多少痴情儿女甘愿笑饮。"那时，我不明白为什么有人愿意喝下毒酒，直到我看了你们的故事，我才明白其中之理。爱是世上最坚贞的情感，即使山无棱天地合也无法磨灭。众生皆苦，唯爱情是欲界的福音。

天涯之宽，你却情归何处？今试回头，残月孤星何在？春花秋月何在？万物生息，唯爱长存而已。

我依然为蜀国纵情悲歌

佚 名

记得初看《三国演义》，读到关羽兵败麦城，战败被俘，惨遭杀害时，我涕泪滂沱。再读《三国演义》，看到诸葛亮仙逝五丈原时，我热泪纵横。掩卷沉思，也许是自己年少多情，也许是抑曹尊刘的感情导向，让我心不由己地偏爱蜀国，深深地为蜀国哀叹。

想那刘、关、张，自从桃园结义，彼此肝胆相照、荣辱与共，伸张正义、打击邪恶、平叛黄巾……在刀光剑影、鼓角争鸣中征战了大半辈子，终于建立了蜀国。可好景不长，坚挺的蜀国只有短短两年时间。义关羽失利被杀，急兄仇张飞遇害，刘皇叔白帝托孤，重振汉室的伟业没成，一统江山的霸业未竟，他们先后带着遗憾匆匆离去，成为人们心目中耳熟能详的悲情英雄。弟兄三人的相继去世，使蜀国力量大大削弱，让经营出一个兵强马壮的蜀国美梦最终成为泡影。

再看运筹帷幄的诸葛亮，他的一生算是个悲剧。先主驾鹤西去，蜀国千万人唯诸葛亮马首是瞻，他不是不知道刘禅是扶不起的君主，他更不会不知道刘氏天下的气数，可三纲五常的束缚让作为臣子的他只能竭股肱之力，尽忠贞之节。明知自己不能力挽狂澜，但还是义无反顾地去做。在《出师表》中他希望用嗣子唤起平天下的雄心，可扶不起的刘阿斗眼里看到的不是锦绣河山，而是笙歌燕舞。他把所有责任扛在肩上，顶着艰难，穷尽智囊，鞠躬尽瘁，殚精竭虑，踏上不归路。

七年北伐，犹未踏入中原半步，饮马黄河，终究只是南柯一梦。从三顾茅庐、火烧赤壁、七擒孟获到计谋司马，徒增后人一声长叹！可是，谁曾看见他眉头紧锁、羽扇轻摇的无奈，谁又听到他遥望蜀道寒云心酸的叹息？在五丈原的飒飒秋风吹落枯叶之际，他带着宏图未展的遗憾走了，带着对先主知遇的愧疚走了。卧龙一朝魂归故里，大蜀江山土崩瓦解。

"聚散皆是缘，离合总关情，担当生前事，何惧身后评……"遥望历史的蜀地，回想那些熟悉的面孔，我感伤的眼泪潸然而落。

历史的车轮碾过泛黄的史册，我依然为蜀国几度纵情悲歌。

第六部分

爱的信使

地震震不断我们血浓于水的绵绵亲情，风雨击不垮我们爱的铜墙铁壁……

——胡丹《亲爱的，别哭！——写给地震灾区人民》

小妹，我想对你说

惠天琨

小妹，你现在好吗？是否还沉浸在昨日失败的痛苦中，是否还在怨恨在"危机"时刻还给你添油加醋的姐姐，别怪姐姐，姐姐也是为你好呀！

那天放学回家后，看见你坐在沙发上，拿着试卷呆呆发愣，满脸沮丧的样子，没有了以前的叽叽喳喳，嘻嘻哈哈。我知道这次你肯定考砸了，而且极度糟糕，否则，依你的性格，肯定不会出现这样的局面。

爸妈还没有下班，家中静悄悄的。我放下书包，拿过你手里的试卷，满眼的红叉。妹妹，你知道吗？看到试卷的一刹那，我真想狠狠地批你一顿。你也太不给爸妈争气了，爸妈为了给咱们提供好的学习条件，早起晚睡，辛辛苦苦地上班，没日没夜地加班。可你呢，整天就知道玩，说你时还振振有词，什么劳逸结合，什么聪明的大脑比什么都好。

"姐，班主任批评我了，要爸爸明天去开家长会，我怎么办呀。"你满脸的无奈。"你不是喜欢让暴风雨来得更猛烈些吗？这次会如你所愿。"我平静地重复着你喜欢的名言。"既然出来这样的结果，就正确地面对吧！早知今日，何必当初。还是抓紧时间改正吧，叹息有什么用。"我放下试卷，走进厨房。

天渐渐黑了，你的书房亮起了灯光，看着你的情绪渐渐平静下来，认真地改着试卷，我真高兴。小妹，你知道吗？要是平常你也这样学习，你会成为全家的骄傲的。

小妹，你知道吗？等爸妈下班的时候，你已经进入了梦乡。看着鲜红的叉号，看着认真改正的试卷，爸妈的脸上既有担心，更有欣慰。我相信爸妈希望看到今后的你会更加上进，更加要强，当暴风雨真正来临的时候，你能勇敢地去迎接它。

小妹，人生的路上不可能不犯错误，但无论怎样，我们必须正确对待。

跌倒了，就要勇敢地爬起来，相信风雨过后才会出现美丽的彩虹。

今天，姐姐坐在考场上看着眼前的题目时，又想起了你——我亲爱的妹妹，于是情不自禁地写下了上面的话，算是姐姐对你的期望吧，姐姐相信你今后的人生会走得很精彩。

（指导教师：赵方新）

假如给我三天放纵

李　天

亲爱的爸爸妈妈：

你们好！

没想到我会用这样的方式跟你们沟通吧？其实，我心中有太多太多的话想对你们倾诉。可是，面对你们充满慈爱和信任的眼神，我的话到嘴边又咽了回去。因此，这份小小的"奢望"就一直深深地埋在心底……

我是一个小女生。从小到大，一直充当着"好孩子"的角色。在你们眼里，我乖巧、听话；在老师眼里，我聪明、负责任；在同学眼里，我热心、幽默。可你们知道吗？我并不想做一个"乖女生"，讨好周围每个人。每当放学走在回家的路上，望着天空高飞的小鸟，我总会发呆：何时，我才能像小鸟一样，自由飞翔？我多想放纵一下自己啊！

爸爸，假如给我三天放纵，我会加入到男孩子们恶作剧的行列当中去当一回"坏男生"，将手中的毛毛虫、蚯蚓或者蟑螂，偷偷放入女生的文具盒、抽屉里，然后躲在一个角落，看她们害怕而尖叫或四散的样子。其实我没有别的意思，只是想体验一下自己曾经被"坏男生"这样恶作剧时他们的心态。

妈妈，假如给我三天放纵，我想自己安排自己的生活。在这三天里，我要睡到自然醒来。因为我的睡眠几乎被作业占据，我真的很累了。在这三天里，我不要每天"三点一线"的生活，我要尝尝放纵的滋味，看我爱看的书，穿我心仪的芭比裙，和同学骑单车去郊游。

爸爸妈妈，我这样的要求不算太过分吧？你们会觉得我的想法太幼稚，也许如此，但我还没有长大啊。

抬头望望窗外，天很蓝，草很绿，远处的山丘上，一群孩子在尽情地奔跑、欢笑、歌唱……我为什么就不能像他们那样呢？

爸爸妈妈，我只是想通过这样的沟通告诉你们：请给我一点点时间，我想沐浴自由的阳光。

女儿　李天

（指导教师：陈远亮）

给网络的一封信

金昱琳

网络先生：

连日来先生大名频频出现在各大媒体上，犹如过街之老鼠，千夫所指，臭名远播。想当初，您被誉为"现代高科技的产物"，"人类智慧的结晶"……多么高贵的称号，多么耀眼的光环！而如今，却落得如此下场，先生，冤乎？悲乎？

现而今，先生可是百病缠身！CIH病毒、蠕虫病毒、米开朗基罗病毒……真是五花八门，无奇不有！黑客们更是凭借先生为所欲为，肆无忌惮；"黄、赌、毒"也像影子一样粘着先生，分外猖獗，多少青少年为之疯狂，多少如花的生命萎缩枯黄！

网络游戏——这个罪魁祸首，更是先生的一大顽疾！游戏升级的巨大诱惑，仿佛是一剂精神鸦片，吸引着那些心志不坚的青少年，不知多少青少年朋友因此迷失了自己！有的消磨了意志，有的累垮了身体，有的甚至泯灭了良知，愚蠢地将网络游戏中的暴力、凶杀和色情场面移植到现实生活之中，制造了一出出人间悲剧。

前不久，中央电视台"今日说法"中那两个十七八岁的小青年，不正是因为没钱上网打游戏才去抢劫的吗？而更令人惊讶的是，这两个家伙居然强迫受害人拍了裸照！这些卑劣手段不是网络垃圾的翻版又是什么？网迷张潇艺，曾经是一个优秀的孩子，可他一旦沉溺于网络游戏，就不得不将自己的人生改写。"我是个没用的垃圾，我只能让父母和师长失望……"这是多么绝望和揪心的话语！另一个优秀的男孩沉迷于魔兽世界不能自拔，两晚上没回家，回家后到顶楼天台自杀。当他按下顶楼电梯时他在想些什么？

网络游戏之祸之烈，可知矣！先生衔冤负屈，这可要归罪于网络低级游戏和黄色垃圾！

虽说先生有诸多危害，但我认为，罪不在先生，先生无罪！

众所周知，先生也并非一无是处。自从有了先生后，世界突然变小了。地球仿佛成了一个小村子，人与人之间的距离缩短了，人们真正做到了"秀才不出门，尽知天下事"。网上理财，网上购物，远程教学，网上聊天……既方便了人们的生活，又丰富了人们的精神世界。谁敢说先生无功？

至于先生之恶疾，实非先生之过。要根治先生之顽疾，则须提高人们的道德素质和防范意识，只有全民皆兵，上下一心，自觉维护网络秩序，自觉遵守网络道德，我们的社会才会多一分和谐与安宁。大家以"秋风扫落叶"之势将各种渣滓清除干净，先生方可永葆青春，永受欢迎。

先生何时才能够插上文明圣洁的翅膀，飞翔在纯净自由的空间呢？我也不知道。

不早了，最后，请先生提高自身免疫力，造福人类！就此搁笔。

祝：重获清誉！

您忠实的朋友　金昱琳

亲爱的，别哭！

——写给地震灾区人民

胡　丹

　　有一种想拥抱你的冲动，想把你紧紧拥入怀中，让你孱弱的身子不再那么无助地颤抖。狼藉一片的废墟里你孤独的眼眸，是我心里永久难忘的伤痛。

　　亲爱的，别哭！

　　也许你失去了健全的身体，也许你失去了温暖的家，也许你失去了亲人朋友，也许你失去了曾经美好的一切……可你要记得，你还有我！还有我们！

　　牵手的力量或许太过绵薄，拥抱的温度也许不太温热，可是，爱的力量会永远陪伴你！当你悲伤，当你痛苦，当你哭泣的时候，你要记得，我们和你在一起！

　　亲爱的，别哭！

　　你要记得，你不是一个人孤军奋战，你身边有我们的爱与关怀。我们手拉手，心连心，一起跃过废墟，穿过满途荆棘，找到光明的入口，那是爱的蓝天！

　　亲爱的，擦干眼泪，我们是你坚强的后盾，我们是你的亲人，是你的兄弟姐妹，咱们永远在一起！

　　亲爱的，别哭！

　　挫折是成长的必然，灾难即使给你刻骨铭心的伤，但它也能教会你坚强！你要振作，要坚强地面对风雨，要更加努力地去生活，展现你生命的光彩！

　　地震震不断我们血浓于水的绵绵亲情，风雨击不垮我们爱的铜墙铁壁，你要振作，振作！我们的爱，永远和你在一起！

　　亲爱的，别哭！

第七部分

做一株向日葵

　　我变成了一株向日葵，每天昂着头追逐着太阳。我终于拥有了自信，不再胆小，不再懦弱。

——徐慧泽《做一株向日葵》

前方，有花绽放

陈芷芾

> 尽管走下去，不必逗留着，去采鲜花来保存，因为在这一路上，花自然会继续开放。
>
> ——泰戈尔

一

我是一只蝴蝶，不，是蝴蝶精灵，我有蓝色的翅膀，我有美妙的歌喉，我爱到金字塔顶去晒太阳，爱在丘比特的金发上休憩，还爱停在雅典娜的手上为她歌唱。

可有一天，我被关在了玻璃瓶里。

对面是一座高楼，四周也如此。我很难过，什么也吃不下。当我饿得奄奄一息时，一个七八岁的小女孩跑到我面前对我说："吃点东西吧，等你有力气时，我就把你放走！"于是，我对着刚才一只大手丢进来的快干枯的花无奈地吸吮起来。这花的蜜真的好难喝，大概是因为没有大自然的味道吧。

二

"你怎么这么笨，连这道题都做不对！"我被惊醒了，还没平静下来，就听到一个女孩的哭声，心里酸酸的。"还哭，哭什么哭！哭就能考到第一名？你看看人家小美，哪次不是考第一啊，去，给我把这道题抄上五十遍。"

我看到小女孩一边哭，一边写着作业，而她母亲声音的分贝却不减分毫。我愣住了，不知道前方的花朵是不是要以这样的代价换取……

三

我的体力逐渐恢复，小女孩的哭声也好久未曾响起了。

"这次考得不错！给我记住，下次你要是考不好，看我怎么收拾你！这是四星级题库，每天做二十道题，我要检查！"我听不见小女孩的声音，只听见沉重的脚步声。

我被关起来已经五年了。小瓶子装不下我了，我被换到一个大玻璃箱里。糟了，我怎么飞不起来了？

在我伤心时，那个声音又出现了："怎么样，考上了吗？啊，太好了！那可是重点中学，将来考大学一定没问题！"

"考上了又怎么样，还不是又被你管。妈，我受够了，你要是再逼我，我就离家出走！"女孩说着话竟朝我这边走来。

这是我第二次见那个小女孩了，她已经长大了，长得很像雅典娜，只是，她的眼睛和雅典娜不同。但我不知道不同点具体在哪儿……

"你飞吧！我不要你像我一样！"

我努力拍打翅膀，却怎么也飞不起来，女孩用手将我托起，送到窗口，我随风飘着，努力练习，却因用力过猛而将翅膀折断。但我并不失望，恍惚中，我分明看到前方有绽放的花，一大片一大片的……

（指导教师：任聿珍）

做一株向日葵

徐慧泽

我曾经是一朵匍匐在地的牵牛花，不敢直视太阳，不敢伸展枝叶，独自蜷缩在阴暗的角落里瑟瑟发抖，但一丝阳光打破了我心中的幽暗，让我成为一株向日葵。

我胆小，我懦弱，眼泪似乎是童年的伙伴，一直跟随着我。我习惯坐在教室的角落里，以免被老师提问。在一堂课上，老师向我们提出这样一个问题："鲸是不是鱼？"毕竟是七八岁的小孩子，哪里懂得那么多。我突然想起一本书上说鲸不是鱼，而是一种从陆地进化来的哺乳动物，为了适应海底的环境变得像鱼了。

这时我听老师说："认为不是鱼的请举手。"我颤巍巍地举起了手，四下里看了看，却发现除了我，没有人举手。刚想要把手放下来时，却听到老师叫我的名字。我站起来吞吞吐吐地说出了原因，却一直低着头不敢直视老师的眼睛，怕老师说我错了。同学们议论纷纷，有的嘲讽地说："鲸都带鱼字部了，怎么会不是鱼呢？"我把头埋得更低了，不敢面对同学的嘲讽。老师说："回答正确。"我简直不敢相信自己的耳朵，耳边响起了一阵掌声。老师的最后一句话更让我振奋："我希望你能像向日葵一样昂着头。"

是啊，向日葵是一种美丽的花。一直待在角落里的牵牛花第一次有了冲动，想去看看太阳是什么样的。于是，牵牛花伸展了枝叶，慢慢爬出角落，试着抬头望一下太阳。太阳真美，虽然刺眼但却很温暖。从此，我学会了抬起头看太阳。

现在，我变成了一株向日葵，每天昂着头追逐着太阳。我终于拥有了自信，不再胆小，不再懦弱。的确，做一株向日葵，会更美。

（指导教师：张霞）

母　狼

郭枫晓

　　寒风怒号，雪花漫天，大草原上的冬天永远是这么来势汹汹，几乎是刹那间，严寒就吞噬了一切，大地茫茫。牧人早已将牛羊赶入了温暖的窝棚，自己也坐在熊熊的火炉边，抿着青稞酒，悠哉游哉。

　　漫延到苍穹的银白中，只有一大一小两个灰黑的身影相依而行，步履蹒跚。

　　"妈妈，冷，饿……"

　　"乖，坚持一下，等春天来了就好了……"母狼温情地低下头，轻轻舔着幼子单薄的身躯。风雪映在她幽深的眼睛里，母狼轻叹：又是一个难熬的冬天！

　　厚厚的积雪中，留下了母子俩的一串串脚印。他们在寒冬的欺凌下，一次次艰难地跋涉……直到布谷鸟的叫声响彻了整个草原，瘦削憔悴的母狼拥着饥饿却健康的小狼，怜爱地说："春天到了。"

　　"春天到了？"小狼不解地歪着头。

　　"嗯，雪已经融化了，我们可以去捕猎了。"

　　"那，是不是有东西可吃了？"

　　"当然，你饿坏了吧。"母狼爱怜地舔着他，"妈妈这就给你找吃的去。"

　　她知道，羊们此刻已经被牵出了暖和的窝棚，在明媚的春光里快活地嬉闹，尽情地啃噬着鲜嫩的春草。她伏在地上，细细地辨认着羊群的气息，思谋着如何凭自己瘦弱的身躯，逮一只小羊，让一冬都没有闻到腥味，饿得连路都走不稳的孩子吃个饱。

　　她咬咬牙，箭一般的朝一个山头冲去。几百只绵羊正悠闲地站在那里，像一大片白云。

一片小小的"云彩"，缓缓飘离了队伍。母狼鼓足了力气朝它扑去，不顾小羊坚硬如铁的蹄子正向她狠狠踢来，她露出寒光闪闪的尖牙，想咬断它的咽喉。

突然，一只猎狗发觉了，狠狠咬住母狼的尾巴。母狼长长地嚎叫了一声，拼死从猎狗口中挣脱出来。她带着滴血的断尾再一次扑向到手的猎物。羊儿受惊跑开了，牧人却举起手中阴冷狭长的枪，"砰！"子弹射入了母狼的身体。

母狼凄惨地长啸了一声，单薄的身躯从半空重重跌落下来。鲜血，染红了草地。她无力地趴在血泊中，深若幽潭的眼睛死死盯着那只羊儿，噙着泪水。"对不起，妈妈回不去了……孩子，你要照顾好自己呀……可是，你找不到吃的，怎么办，怎么办呢……"她急切地挣扎起来，想用受伤的前腿提起沉重的身子，可是，最终只摇晃了几下，又摔倒在地。呜咽了几声，她终于无奈地去了。

"又一只偷羊的狼！"牧人不断地骂道，"无耻，狼都不是好东西。不过也好，可以剥了皮卖掉。"

猎狗呜呜地应和着，拖着母狼的尸体远去了。牧人收起枪，满意地哼着曲儿。

他们都不知道，这"偷羊贼"的背后，有一双望眼欲穿的水灵童稚的眼睛。

他们也都没有听见，很远的地方，一首悠长的歌响起："暮春三月，羊欢草长。天寒地冻，谁人饲狼。人心怜羊，狼心独怆。"

（指导教师：赵俊辉）

第八部分

打开一扇窗，让阳光洒满角落

　　人生有坦途，也有坎坷，可是，人生有自己的旋律，我们何不跳支生命的舞呢？不管它是欢快、轻松，还是优美、伤感……

　　　　　　　　　　　　——顾晋《跳支生命的舞》

当梦想折翅的时候

孔 祥

精神的沟通用不着语言，只要是两颗充满着爱的心就行了。

——罗曼·罗兰

又是一个深秋，萧瑟的秋风肆意地飘荡。走在清冷的街头，一阵寒风吹过，我直打哆嗦。

突然，一串急促的脚步声传来。淡淡的月光下，一个口叼香烟、留着爆炸式发型的年轻人横在我的前面，手里还拿着一把锋利的刀。他指着我喊道："快，快把你身上的钱交出来！"

我的大脑一片空白。当我抬头看他时，却被眼前熟悉的面孔惊呆了。

他似乎也认出了我，没等我拿出钱，便匆匆离去了。

他真的是哲吗？真的是那个和我一起长大的哲？

回到家，我从邻居口中知道了哲的状况。哲现在是个很坏的孩子，打架，斗殴，抽烟……

再次见到哲，是在十多天后。哲正坐在院子里的花坛边上，眼睛呆望着远方。我走到他身旁，他冲我轻轻一笑。我说："哲，你还记得我吗？"他轻轻地点了点头。

哲指着远方一座座连绵起伏的高山，问我："你看，山那边是什么？"我说："山那边，是海！"

听着我的回答，他摇摇头说："傻子，山那边依然是那一座座永远望不到尽头的山。"

"不，我相信，山那边就是海。只要经过一座座高山的艰难跋涉后，你就能看到自己向往的海……"

我边说边看着他。他低下头，很郑重地对我说："其实，我真的不想变成这样。我从小就梦想当一名飞行员，可是上天对我太不公平了，自从母亲去世后，父亲有了新的家……"他又摇摇头，苦笑。

看着他手上那些凹凸不平的烟疤，我感到了心痛。但令我感到欣慰的是，哲也许没有大人们说的那么坏。

我微笑着对他说："有什么不高兴就说出来吧。你真的很棒，你能告诉我你心里最真实的想法，我打心底为你高兴。相信自己一次，你一定会实现自己的蓝天梦的。"

哲在我面前拔掉耳朵上的耳钉，灭掉手中的烟，冲我笑了。我知道，还有许多风风雨雨等待哲去面对。我相信，当梦想折翅的时候，我们之间的沟通和信任，也许会给他注入神奇的力量，让他终有一天翱翔在美丽的蓝天！

（指导教师：万年红）

第八部分 打开一扇窗，让阳光洒满角落

打开一扇窗，让阳光洒满角落

李　玥

　　总喜欢呼吸着清晨新鲜的空气，开始一天的早读，这时候觉得整个屋子连同自己仿佛是一块纯净的水晶，折射着七色的阳光。每到这时，我总会想起和英语老师的一次心灵邂逅，幸福会在心底一点点漾开。

　　还记得去年的平安夜，英语老师让我们每人把自己对他人的祝福写在纸上，放入幸福袋中。然后再传递幸福袋，依次抽取祝福。这对于玩惯了游戏的我们而言，实在算不上高明之举。我习惯性地瞟了一眼讲台上的她。她表情郑重，正认真地在纸上写着。写好后，她也和我们一样将纸条叠好放入祝福袋中。八年了，还是第一次见到老师也参与在这样的"游戏"当中！同学们都希望抽取到老师送出的这份写着祝福的纸条。

　　幸福袋渐渐向我传递过来，我的心跳加快，手心也在冒汗。袋子终于传到我的手里，我认真地在袋子里寻觅。我抓到了两个纸条，一个较厚，另一个较薄，我把那个较薄的拿了出来。展开纸条，两行娟秀的字跃入眼帘："愿平安夜的祝福永远伴随你，我爱你，我的孩子！"天哪！我真的抽到了老师写的那张纸条。

　　其实在这之前，我不是很喜欢英语，讨厌背单词，抄袭英语作业更是家常便饭，尤其是对英语老师，更是有抵触情绪。然而，就是这张写着"我爱你，我的孩子"的纸条沟通了我和老师之间的情感，拉近了我们之间的距离，也拉近了我和英语课的距离。

　　如今，成长记录袋中的英语奖状已让我成了这一学科的"富翁"。正是那个美丽的夜晚，让我的心中永远充满了阳光！

（指导教师：王秀利）

羞怯的手

王素娟

今天是周末，估计公交车上的人会很多，所以我才起早赶公车，去赴同学之约。没想到，正好和一帮去公园晨练的老人挤上了同一辆车。

我塞着耳机，坐在座位上，看着窗外的景色。本想就这样舒舒服服地到达目的地，可是，又上来几位老人，我只好乖乖地让出了座位，然后就被挤到一个小小的角落。

身边几位老人头发已经花白，他们脸上洋溢着幸福的容光。加上有老伴、朋友与自己同行，闲话家常，说说笑笑。

"老年卡"、"特殊卡"……在磁卡感应机不紧不慢的播报声中，老人们源源不断地上来，于是，原本狭小的空间变得更加拥挤。他们上车后扫视一周，见没有座位，脸上有点失望，然后死死拉住扶手，生怕跌个跟头。

车缓缓行进，不知是因为人太多，还是司机特别照顾这些老人，车速很慢。环顾四周，就我一个高个子站在一片"老人林"中，我觉得很不自在，好像不礼貌地闯进了一片陌生的领地。

突然，一个急刹车，我下意识地拉紧扶手。同时，感到有人拉紧了我的衣服……我转身一看，是一只布满老年斑的手，紧紧地攥着我的衣角。我看了看她——一位老阿婆。她不好意思地朝我笑了笑。她很矮，甚至够不着公交的扶手，情急之下，她便拉住了我的衣角。我也朝她笑了笑。于是她放心地松了松手，但还是拉着我。"谢谢啊，小姑娘！"我靠近她一点说："没事。"

就这样，她像一个孩子，当找不到任何依靠的时候，她把信任和依赖给了陌生的我，我的衣角给了她安全，也给了我幸福。

永远不要拒绝一双羞怯的手，因为那是来自内心的依偎。

暖　流

桑晚菁

雨在飘，风在啸，天异常的冷。

她正在小摊上卖早点。

柜子里躺着一包过期的豆浆。

她几次把这包豆浆拿出又几次把它放回，她一直在犹豫着。

"别再犹豫了，等下一个顾客来了就卖给他。"她想，"只过期了一天，不会碍事的。"

从拐角处转过来一辆自行车，朝小摊驶过来。近了，是个学生，穿着校服。

经验告诉她，急着赶路的学生一般是不太注意包装上的日期的。

想到这，她不觉打了个寒战。

"给我来包豆浆。"学生焦急地说。

她抓起了躺在柜子里的那包，递了过去。

"多少钱？"

"八角。"

学生掏出口袋里的钱，一个一块钱的硬币。

接过钱，她埋头从衣襟口袋中取出一个小小的硬币包，费了好大的劲才摸出了一角。不巧，还缺个角。她心中一阵慌乱，那个一块钱的硬币竟从她冻得有些僵硬、有些颤抖的手中滑到了地上。

"明天再找给我吧，明天我还来你这买早点。"学生只收下了一角钱，正准备走，又回过头来说，"我相信你的。"

她不觉一惊，呆呆地看着学生跨上车走了。

突然，她回过神来，从热水中抓起一袋豆浆朝远去的学生喊道："喂，同学，同学，等等……"

"换一袋热的吧……真对不起，把没热好的豆浆给了你……真对不起。"在拐角处她追上了学生，把一袋热豆浆换给了他。

　　"你是个好人，真是个好人。"学生又骑上自行车走了。

　　"噢……噢……"她站在原地支吾着。

　　"我相信你的。"学生那句半开玩笑的话久久地回荡在她耳边，如一股暖流，流进她冻得哆嗦的身子。

　　突然，她拿着那包过期的豆浆，利索地把它丢进了垃圾桶。

　　雨还在飘，风还在啸，可她再也不觉得寒冷了。

（指导教师：邓经才）

第八部分　打开一扇窗，让阳光洒满角落

高 跟 鞋

詹 逸

小时候，阳光总是洒满一地。我也总是走在阳光上，去检视心中存放的美好愿望。

老妈素来不是妖娆的女人，所以家中高跟鞋的存量非常少。我对高跟鞋的好奇却越积越多，一旦有陪老妈去鞋店的机会，我总是一半为人一半为己地推荐那些高跟鞋。我不知道那些高跟鞋是谁设计的，那样巧夺天工，精致华美，细细长长的鞋跟托着同样细细长长的鞋身，像一只细细长长的小船，承载着儿时的梦想。那时，一直感觉只要穿上高跟鞋，就是天下最漂亮的女孩。

我从小到大，好像只见老妈买过一双高跟鞋。趁她不在家的时候，我不知多少次把自己肉乎乎的小脚伸进那船一样的鞋中，然后拖着鞋后面的高跟，走进卧室，走过客厅，走遍整个家，把自己想象成巡视领土的公主。高跟鞋划在地上，发出刺耳的摩擦声，有时会惊得楼下的邻居冲到楼上来，带着满腔怒气，狠狠拍门，并大喊："安静点！"而我在最初的惊吓后，会躲在门背面，笑得直不起腰来，然后就能听到邻居拖沓而又无奈的下楼声。这一点小小的伎俩，是我童年最大的快慰。

可上帝似乎并不体恤我幼小的童心。在我第N次穿上那双高跟鞋时，老妈回来了。看着我穿着与脚不成比例的鞋，她哈哈大笑。我站在那里，哭也不是，笑也不是，尴尬不已。这个事件后，我被老妈禁止靠近鞋柜和存放鞋的地方。

现在呢？我没有了小时候那种对高跟鞋的狂热喜爱，反而是老妈迷上了高跟鞋，问她为什么，她从不回答。直到有一天，她哀伤地站在我面前，说："都这么高了。"我才恍然大悟。

原来高跟鞋真是一种奇妙的东西，它以独特的方式，穿行在每个女性的成长路上，母亲也不例外。

(指导教师：杜莹)

心　锁

张玉瑶

萧瑟的秋风卷走了地上的一片片落叶，却吹不散我内心淡淡的忧伤。我好想用一把锁，锁住自己内心的惆怅，让我不再蜷缩在角落里守望阳光……我知道自己是在痴人说梦，虽然现在科技日新月异，但谁又能造出这么一把"心锁"呢？

"嗨，你在想什么？"好友雪从后面拍了我一下。

我头也没抬："没什么，心里很烦。"

"你看这是什么？"

我抬起头，一条"心锁"项链映入眼帘：银白色的，上面还点缀着淡蓝色的碎花。

雪笑盈盈地说："这就是你梦寐以求的'心锁'！它能把人们的忧愁和痛苦统统吸收掉，然后再放射出快乐和自信来……"

"这么神奇？"

"当然！不过它的有效期只有两周，两周后它就会成为一条普通的锁链。"

我将信将疑地戴上"心锁"，隐约感到有一股强大的力量在冲击我的脑细胞，然后我整个人都像脱胎换骨似的，快乐和自信在我心中渐渐升起。从此以后，我的烦恼、忧愁和伤悲统统给锁了起来。我开始微笑着面对同学，面对学习，面对生活。此时的我，像一只驰骋原野的小鹿，像一只翱翔蓝天的猎鹰，像一棵笑傲西风的大树……时时刻刻都在享受着生命的快乐。

两周很快过去，笼罩在我头上的乌云早已消散了。这把"心锁"真神奇呀！今天我约雪见面，想将"心锁"还给她。因为"心锁"已经失效，我也不再需要"心锁"了。

雪远远地飘了过来，就像一位给人带来快乐的美丽天使。我满怀感激地呼唤着她的名字，她却不动声色地说："看来，'心锁'真的很有魔力嘛，你开心多了。"我取下"心锁"还给她，她却握住我的手说："我不是说过了吗？它现在只是一把普通的锁链了，你留下做个纪念吧！"她接着诡秘地一笑，放低声音说："告诉你吧，它本来就是一把普通的锁链！"

我惊呆了——普通的锁链怎能给我走出消沉的力量？我紧紧握着"心锁"，忽然间觉得它似乎蕴藏着生命的律动。是雪的心跳，还是自己的心跳？我又隐约感受到了这把"心锁"的神奇力量：它让我明白了快乐是一种感觉，需要我们微笑着去寻找。我一字一句地说："这绝不是一把普通的锁链！"这回该轮到雪大吃一惊了……

（指导教师：雷江）

跳支生命的舞

顾 晋

青春的舞曲，也许热情，也许烦躁。我们日复一日地在学校汲取着知识，可青春那曲旋律，注定有着坎坷。每当这时，我就想，没关系，来跳支生命的舞吧！我已经谱好了乐章。

妈妈一直对我说："孩子，你要自信。"这时，青春的舞曲开始热情高昂，随着激情的旋律，我在舞台上尽情展示。青春对我笑了，笑得有点累。不过没关系，累了就歇会儿。

这时，人生的路又变得迷茫了。我知道，自己的学习态度不那么端正，因为，我喜欢上了一个女孩。正犹豫时，我在舞曲的旋律中听出了告诫："你要冷静面对自己，不要迷失在感情的深渊。也许此刻你们跳的舞最光彩照人，但终究浪费了大好的时光，而且，你们还不到开花的时候。"

妈妈一直告诉我："孩子，一定要向前冲，你的潜力无限。"那一刻，青春的舞曲也突然峰回路转，迷茫的我又变得欢喜、热情。临近考试了，大家都在冲刺，舞曲也不时跟我低语："记住，当你停下休息时，别人还在奔跑。"终于，我猛醒：一定要努力拼搏，实现梦想，超越梦想。

天边泛着黄晕，垂柳下，两位老人静静地守候着黄昏。已是风烛残年的他们，人生已走完大半的他们，此刻是什么感受呢？我默默地望着两位老人，看着他们相互扶持的背影，微风中，我听到了一支人生舞曲美妙的旋律。

人生有坦途，也有坎坷，可是，人生有自己的旋律，我们何不跳支生命的舞呢？不管它是欢快、轻松，还是优美、伤感……

（指导教师：张金燕）

绝境中，为自己找一个出口

蒋嘉懿

有这样一则故事：两个旅人在沙漠里迷了路。其中一人去找水，留下枪给另一人，让他每隔一小时鸣一枪以指引自己归来的方向。六小时后，眼看同伴回来的希望渺茫，持枪者把最后一颗子弹射进了自己的头部。而此时，他的同伴正捧着水往回赶……

我深感遗憾，为这故事，更为有同样悲剧不停上演的现实。阮玲玉、三毛……还有许多叫得出名和叫不出名的人，他们都觉得自己处在了某个走投无路、孤立无援的境地，于是，他们用不同的方式选择了同样的结局。

的确，在人们遇到挫折与困难时，会很容易地把自己投入一个臆造的所谓"绝境"中。然而，谁能为"绝境"规定一个明确的界限？谁又能确定处在"绝境"中就没有任何转机？我相信，每个人都能在绝境中为自己找到一个出口。

在绝境中寻找出口，首先要始终坚信希望的所在。如果走在沙漠里，就告诉自己前方有一片绿洲；如果处于黑暗中，就告诉自己前方有一座灯塔；如果正饥寒交迫，那么，请告诉自己，前方一定有一缕炊烟。生活原本就是一个时常会冷场的玩笑，没有人可以一直微笑。只是，有的人哭过又笑了，有的人哭过后就再也笑不起来了。"只要星星还在天空闪烁，我们就不必害怕生活的坎坷。"米勒为了追求自己理想中的艺术，放弃了金钱，以致一度陷入了贫困、苦恼和绝望的深渊。但他并没有在绝境中退缩，而是去了乡下，在美丽的大自然和淳朴的农家生活中寻找创作的灵感。《播种者》《拾穗者》便在绝境中诞生，米勒的艺术也获得了新生。

在绝境中寻找出口，更要用心探寻希望的所在。希望的存在是必然的，但却是隐蔽的，发现它需要超凡的智慧和勇气、过人的耐心和意志。贝多芬，在双耳失聪的绝境中激发出蓬勃的创作欲望，雄浑悲壮的《第九交响曲》响彻了几个世纪而绵绵不息；梵高，在失去亲人与朋友理解的孤寂绝境中焕发出绚烂的生命之光，火一样的《向日葵》开放了几百年而经久不衰；马克思，在"各国政府——无论专制或共和政府——都驱逐他；资产者——无论保守派或极端民主派——都纷纷争先恐后地诽谤他、诅咒他"的绝境中高昂着奋发的斗志，《共产党宣言》终于击破了历史的阴霾。他们都是智慧和勇气的化身，更是耐心和意志的明证。

　　人类前行的历史恰似在荒野中前进，随时可能陷入绝境。但请相信：黎明，终究会冲破黑夜的封锁；雨露，终究会滋润干涸的大地。用人类自身的力量一定能找到光明的出口！

（指导教师：徐雪莉）

第八部分　打开一扇窗，让阳光洒满角落

我是最棒的

于晓丹

太阳的金马车刚刚启程，阳光灿烂地洒在瑶瑶飞扬的辫梢上，空气中弥漫着桂花的清香。美好的一天笑盈盈地飘进了瑶瑶生命的花篮。

瑶瑶来到广电中心大楼前，这里围满了人，大人们神采飞扬，孩子们的服饰艳丽时尚。所有的人都在焦急地等待，等待歌唱比赛的开始。

瑶瑶也是参赛者，她此刻的心里如揣着一只怦怦直跳的小鹿。要知道她从小就是一个很内向的孩子，在公众场合几乎不敢说话。这次她之所以来参加歌唱比赛，一是因为她从小就特别喜欢唱歌，老师和同学都说她有极好的歌唱天赋；二是为了躺在病床上的爸爸。能在电视上看到女儿光鲜耀眼地载歌载舞是爸爸期盼已久的事情。

"请注意，比赛马上开始，请选手做好准备。"广播响了，第一次登台的瑶瑶手心湿漉漉的，胆怯、恐惧袭上心头。她不安地拽着衣角，望着打扮得漂漂亮亮的其他选手，瑶瑶低下了头。她穿的是一件洗得发白的连衣裙，脚上半新的凉鞋是隔壁阿姨给的。瑶瑶真想爸爸，要是爸爸在这儿看着她，瑶瑶心里就踏实了。瑶瑶一扭头，看见哥哥向她走来，哥哥追风般的脚步扬起一片黄尘。

阳光像一只只光明的鸟，在树叶间闪烁跳跃，美丽的金光映在哥哥身上，是那么温柔、亲切。自从爸爸生病妈妈出走后，他就是瑶瑶的主心骨和保护神。他远远地向瑶瑶挥手，目光中满是期待。瑶瑶想起出门时哥哥说的话：用心唱，唱给爸爸听，爸爸能在电视上看到你。爸爸说你就是她的药，你的快乐和成功能医好他的病。瑶瑶又想起，爸爸常说，瑶瑶太胆小，不够自信，这点最让爸爸担心。瑶瑶咬了咬嘴唇，坚定地说："不，一定要表现出色，不让爸爸失望！"想到这，瑶瑶的心平静下来，她冲哥哥粲然一笑，转身走进比赛大厅。

站在大厅中央，无数闪耀的灯光射过来。瑶瑶悄悄对自己说："镇定、加油！让爸爸为自己自豪！"音乐响起，瑶瑶轻轻闭上眼睛，眼前令她胆怯的事似乎全都不在了，瑶瑶脑海中全是爸爸慈祥的笑容。

她用心唱起了那首心中的歌，"想想你的背影，我感受了坚韧，抚摸你的双手，我触摸到了艰辛。不知不觉你鬓角露出了白发，不声不响你眼角添上了皱纹，我的好父亲，我最亲爱的人！人间的苦有七分，你却尝了十分……"

瑶瑶唱着舞着，眼前全是爸爸欣慰的笑容和泪光盈盈的眼睛。一曲终了，她动情地说："我亲爱的爸爸躺在病床上已经好几年了，爸爸是为了我的学费超负荷工作而累病的，爸爸是我最亲最爱的人！我不想失去爸爸，希望他听到我的歌声后能尽快好起来！"说到这，她已是泪流满面·泣不成声。

在场的人都被瑶瑶感动了，一个小女孩还将一束黄菊递到她胸前，悄悄对她说："你唱得真好！请将这束有着阳光一般色彩的菊花献给你可敬的爸爸。"

瑶瑶向大家深深地鞠躬致谢，然后迈开轻盈的脚步向哥哥身边跑去。出了比赛大厅，瑶瑶远远地听见广播里宣布这次比赛一等奖的获得者是陈瑶瑶！哥哥满脸兴奋地说："太好了，你比任何时候都唱得好，你说要给爸爸惊喜，你做到了，你是他的骄傲！"

瑶瑶笑着、蹦着……仿佛有一束明艳的阳光照进了瑶瑶心里，连周围的气息都是暖暖的，甜甜的。幸福在瑶瑶的心中荡漾着。此刻瑶瑶才知道，自己原来如此出色。不觉来到附近时装店的试衣镜前，她看到了镜中那个似乎有点陌生的自己，她觉得自己突然间长大了！于是她对着镜中的自己说："我是最棒的！"

食 客 记

王离尘

中午在外面的小店里吃面，坐进去的时候人还不多，可不一会儿就挤满了人。等待的过程很闲适，没有棘手的事情等着我，填饱肚子就成了唯一的目的。于是，我悠闲地看着店里店外来来往往的人。

附近职业学校的学生情侣要带走面吃，在门口站着，女孩比男孩高半头，却是小鸟依人的样子，男孩长发飘飘，蓄着胡子；一个五十多岁的衣服脏兮兮的店员负责把食客碗里的残汤倒掉，他一趟趟地快步走着，生怕来不及；几个女孩叽叽喳喳地讨论着要去哪里散发桌上厚厚的粉色传单，不时地，黑衣服长发的女孩把碗里的辣椒挑给身旁戴眼镜的女孩；穿校服的小男孩在门外大嚷："一个大碗面，带走！"然后就跑去和巷里的伙伴玩悠悠球了；老板忙得不亦乐乎，笑着催擀面的乡下少年，还隔一会掀开锅盖看看面。大家都算计着这一锅面里，有没有自己的那碗。

我也在算计，可因为我一直没吭声，所以很久也没轮到我。反而是刚坐我对桌不到一分钟的胖阿姨催老板："等了这么久了，怎么还没我的？"老板笑着保证："快了，下一碗就给您。"原来根本没人在这里讲什么先来后到，都是自顾自地催促。

我一时不知该如何是好，竟张不开嘴催老板一下。看他忙得冬天里还满头大汗，仿佛觉得自己理亏似的。可咕咕响的胃向我发出了最后通牒，无奈之下，我向擀面的乡下少年走去。觉得同龄人容易沟通，我便从背后碰碰他，他回头用不解的眼神看着我："您有事？"我不好意思地笑笑："我等了二十分钟了。"他说："好的，马上轮到您。"我又尴尬地回到座位上，心里暗恨自己，真不善于与人交往。

终于，一锅面分到五个碗里被擀面的男孩分发。走到我跟前，他友好地朝我笑笑，把最后一碗放到我面前。

我开吃了。旁边座位上粗壮的小伙子，吃面响得惊天动地。我就想起父亲吃饭时常被我说他粗鲁，父亲就豪爽地说："我是男人，吃饭怎么能像女人那样？"说得好像很有道理。再瞥瞥身边的小伙子，他端起碗来两只胳膊横着悬空，把我挤得只有一点点可怜的地方，我笑了笑也没提醒他。他定是忙了一上午饿极了才这样，也许还有很多事情等着他去做呢。想到这儿，我又往角落里缩缩身子。他虽然来得比我晚，吃的速度却比我快很多，当我还在一根根吃着面条，并埋怨面条太烫时，他已重重地把碗放在桌上，付了钱，匆匆走了。

刚才催老板的对桌女人，烫着中年人都习惯烫、可在我看来很俗气的小卷，两腿因为怕被溅出的面汤弄脏而不雅观地岔开着，一边吃一边用眼睛不时向周边扫射，很势利的样子。我一向讨厌这样聒噪而市井的女人，可也同情她们。年轻时，她们也曾热情、善良，可人会随岁月变成什么样子，往往无法预料。

我的这个位置只能看到擀面少年的背影。他高高的，很清瘦，穿着极旧的褐色夹克，头发凌乱而肮脏，干活却很卖力。我想，他这样的男孩若打扮得干净点，一定很好看。可早早出来挣生活的他，也许已无暇顾及外表了，重要的是卖力干活多赚些钱。比起我们，他真是不容易啊。

时间一点点偏离十二点，店里吃饭的人还有，但却不拥挤了。小店显出不同于刚才的安静。擀面的少年也停住手了，抬头望着我及其他几个学生，眼里流露出茫然与期望。他是在感慨自己的命运吗？

最后，喝完免费的茶水，我从口袋里掏出面巾纸擦了嘴，起身准备离开，却发现擀面的少年正饶有兴趣地看我。碰到我的目光，他不好意思地笑了，我也笑笑，付了钱转身出门。

小店的面分量很足，我吃得很饱，走起路来有些沉重。那个擀面少年的笑容和背影真让人难忘。

画 义

马 捷

镇上有一个老画匠，他的画儿很有名，很多地主、官员都以得到他的画为炫耀的资本。画匠卖画挣了不少钱，但却住在荒山上的一座茅草房中，他把钱全周济了四周的穷苦邻居。因此，镇上的人都叫他"华善仁"（即"画善人"）。

时间到了1940年，鬼子比八路早来一步，在这里修什么司令部，镇上光反抗的人就死了好几拨。华善仁打心里恨鬼子，整天在家中画鬼子的恶相，之后投到炉子里。

说来也巧，鬼子的队长石田太郎虽是个杀人如麻的武夫，但却非常喜欢中国字画。他听说了华善仁，就带着一个汉奸和两三个鬼子"登门拜访"。到了茅草屋前，汉奸一脚踹开门，大喊："华老头，石田太君来买你的画了！"之后，便弯腰媚笑把石田请了进去。华善仁却头也没抬，只专心画着牡丹。石田看到牡丹大加赞赏，随后便与汉奸叽里咕噜耳语一阵。汉奸笑着点点头，然后走到华善仁面前，大叫："华老头！"

华善仁轻蔑地说："狗汉奸，找我做甚？也招我去当汉奸？"

汉奸讪讪地笑着说："太君让你做个册子，每页都要有不同的画。画得好，太君每幅画至少给你这个数。"说着伸出一个巴掌来，"五十块大洋啊，一幅！"

华善仁想了想，说："行啊，半个月后让人来取画吧。"

华善仁这半个月没出家门，可为日本人作画的事却传遍了全镇。一夜间，华善仁家门前堆满了垃圾。一清早就有人在山下大喊："还叫什么善人，整个一恶人！"华善仁充耳不闻，只是作画。

半个月后，那汉奸独自来到华善仁家，见门口堆满了垃圾，只得从窗外吊着嗓子喊："华老头，交画！"

一双干枯的手递出了一本画册，封面用隶书写了四个大字：画义全集。

汉奸翻了翻，又吊着嗓子喊："干得不错，石田太君说了，跟着皇军干，大大地优待！"说完便下了山，根本没提钱的事。

第二天，石田得到了画册——那是除了边角有点潮，其他地方都很完美的画册。石田翻着画册，心中感叹："多美啊！"他爱不释手，以至吃饭时都在看。

一天过去了，副官大野去找石田队长，却发现石田队长面色青紫，已经死了。他赶忙扑上去，发现石田舌苔紫黑，而在他紧握的那本画册边缘潮湿的地方有砒霜的味道。大野全明白了，他调动军队，去荒山上找华善仁。

谁知他们刚看到华善仁的家，就中了我八路军的埋伏，全军覆没了。

战斗刚结束，就下起了大雨。华善仁那座茅草房，因年久失修轰然倒下。当人们赶过去时，在里面发现一具皮肤发黑的尸体，尸体的左手握着一罐砒霜水，右手捏着一张纸，上书八个隶书大字：画当有义，义兴中华！

（指导教师：任虎兰）

111

某个人的父亲

王秀兰

那是一个很冷的冬天，天空开始飘起了雪花。行人都放慢了脚步，就连汽车也像是爬行的乌龟。

不知什么时候，人们发现天桥上蜷缩着一个蓬头垢面的男人。他上身的棉袄有的地方打了厚厚的补丁，有的地方却能看见冻得紫红的肉。裤子上也布满大大小小的窟窿。那双光着的干瘦的脚边放了一个黑乎乎的塑料盆子，盆子被细细的雪盖了一半。

有人从他身边走过，摇摇头走了。有人叹息几声。有人对自己的孩子说："看见了吧！这就是好吃懒做的人。你如果现在不好好学习，将来也一样要上街乞讨的！"

然而那男人就像死了一样，熟睡着，不在乎谁说些什么。

一个拄着拐杖的老者，蹒跚走来，看见了这个男人。老者惋惜地摇了摇头，哆嗦着从口袋里掏出两枚硬币，然后用拐杖捅了捅男人："嗨！起来，起来，给你两块钱，去喝碗汤吧！"

男人缓缓地睁开眼看了老者一眼，冷冷地咕噜了一句："扔盆儿里吧。"说完又甜甜地睡去了。

老者显然被激怒了，他愤愤地把攥着两枚硬币的手收了回来，破口骂道："冻死活该，跟我儿子一样，不过你倒不是我儿子。"

就在这时，一个七八岁的小男孩走了过来，把他身上的小棉袄脱下来盖在了那男人身上。老者非常诧异地问小男孩："这个人是你父亲吗？"

小男孩摇摇头。

老者又问："那他就是你的亲戚喽？"

小男孩又摇摇头。

老者百思不得其解。"他既不是你的父亲，又不是你的亲戚，你为什么把自己的小棉袄给他盖上呢？"

小男孩气咻咻地说："他不是我的父亲，但他总是某个人的父亲吧！我不是他的儿子，但我总归是某个人的儿子吧！"

说完，男孩儿由于激动而满脸通红地走了。

老者一下子怔在那里了。

后来，人们看见一个乞丐搀扶着一个老人消失在茫茫雪夜中。

男人睡过的地方很快被雪覆盖了，这个城市也安安静静地睡熟了。

第八部分　打开一扇窗，让阳光洒满角落

感 恩 树

孙宇童

　　我喜欢坐在秋天的桐树下，任幻想肆意游走如天马行空。幻想的最深处总是有个宁静的花园。花园外围是厚厚的藤蔓，春天散发出蔷薇和忍冬花清甜的香味。花园中央是一棵树，树干挺拔，枝条柔韧。

　　园丁告诉我，那是一棵感恩树，每天清晨开出柔润的白花，傍晚落下，融入脚下的泥土。我不清楚那是怎样的存在，只知道是那棵树让我的花园一直充满生机。

　　午后，骑车在路上，有意无意地打量着过往的行人，天空澄澈高远。想着学生会的事，迎面而来的小男孩让我蓦然一惊。七八岁的样子，愉快地招呼着同伴飞跑过来。"小心了！"一个年轻女子一把拉住了男孩，而我的刹车也终于握紧。"谢谢姐姐了。"小男孩红着脸道谢。我对那女子微笑，心情奇怪地明朗起来。

　　似乎我们都不拒绝对陌生人示好。"谢谢姐姐了"，男孩脱口而出，是那么天真而美好。还有，我们在路上拦人借手机时，开始很紧张，得到许可后微微松气，然后是不断感激的话语。然而另外的，像是每天穿在身上的衣服一样温暖，却很容易忽视——生活里、困境中，面对朋友和家人犹如条件反射般伸来的手，是不是也记得说一声谢谢？

　　"吃饭了。"母亲淡淡地叫。"嗯？""吃饭！""哦，来了来了。哦，真好吃。""哼，我是谁啊？""我最爱你……的菜啦。"我看见母亲非常开心，隐隐地听到花园里传来花开的轻响，像铃铛一样响起，在空气里荡开。

　　植一棵感恩树，心是博大的根，爱是坚强的主干。松一松脚下的泥土，打破隔阂的坚实，浇一瓢信任的水，让它放肆地生长。无私的帮助是浓密的树冠里纠葛的枝条，时时的感动是不断盛开的白花，空气里漫溢着难以言说的心情，如同淡淡的花香，在我们心灵的最深处永世流转。

一张车票

俞苏阳

长途汽车站内人声鼎沸。

她怀里抱着几瓶矿泉水，手里拿着几本旧杂志，同所有在这里向上车的人兜售水和旧杂志的人一样。但所不同的是，她并不追着车站内要开的汽车跑，而只是静静地站在卖票的队伍边，一副守株待兔的模样。

一阵风吹来，吹乱了她额前一缕花白的头发，她腾不出手去理一下，只任它们肆意地翻飞着。

"妈妈，刚才量身高的时候，我悄悄地往下蹲了点，就没过线啦！"

一阵稚嫩的声音让她暗淡的眼神为之一震，像半夜里听到了敲门声。

"好啊，咱们家毛毛可真是聪明，等会儿把那张车票的钱给你买冰鞋。"牵着孩子的年轻母亲一脸的喜悦，欣赏地揉了揉孩子的头。

"大姐，买本杂志吧！"她跟了上去。

"不要！"年轻的母亲看了一眼脏兮兮的她，硬邦邦地丢下一句话。加快脚步来到候车室坐了下来。

她好像不依不饶，跟了过来。

"那我给您看份报吧。"她说着，把手里的东西一股脑儿地放在地上，从怀里掏出一份发黄的旧报纸，递了过去。

"不看不看！"年轻母亲似乎很不耐烦了。

"这样吧，你看完这张报，我免费送你一本杂志，你路上解闷。"

"真的吗？玩什么花招啊？"年轻的母亲深深地瞟了她一眼，仿佛要把她看穿，但那一句"免费"多少有些让她心动，她迟疑了一下，接过了报纸，"你说话得算数啊！"

年轻的母亲开始看报了，看着看着脸上的表情就不自然起来。

"报上的那个母亲就是我。"她用缓缓的调子开了口，"我只有一次啊，夸了我那逃票的儿子，谁知道他竟一发而不可收了……唉！"

年轻的母亲抬起头来，看着老人，又看看报，那报上报道的正是一伙抢劫犯被捕的新闻，这么说，那些陌生的名字里就有一个是她的儿子了。

年轻的母亲有些不知所措，她的额上开始渗出了汗珠。

顿了一下，她一把把报纸塞进老人的怀里，拉起儿子就往买票口走。

"大姐，还有免费送你的杂志呢！"

"不用了，谢谢您！"

"妈妈，干吗呀？"

"妈妈忘了最重要的事了，你是大人了，要给你买票！"

（指导老师：马二兰）

断翅的蝴蝶

万斯婕

手握遥控器，漫无目的地换台，偶然的机会，发现了央视的舞蹈大赛。

刚开始有些疑惑，为何镜头里的嘉宾、观众、评委，个个眼里闪着晶莹的泪花？在好奇心的驱使下，我继续看着。镜头切换到了舞台上，我顿时恍然大悟：一个没有右臂的女人和一个失去左腿的男人正用他们残缺的肢体，演绎着一幕震撼人心的生命舞蹈《牵手》。这是央视舞蹈大赛举办以来唯一入选的残疾人舞蹈作品。今天的主角马丽与搭档在耀眼的灯光下舞蹈着，倾诉着一个动人的故事。一曲终了，当大屏幕上亮出《牵手》"99.17"的高分时，他们激动得跳了起来。

像许多成功的舞者一样，马丽从小就显露出与众不同的天赋。然而十九岁那年，一场车祸把她的梦想粉碎了。当她从病床上苏醒后，疯了似的抓住每个人尖叫："我的胳膊呢？我的胳膊在哪里？"没有人回答，唯有泪水和空洞的双眼。难以想象，一个年仅十九岁的女孩，怎样承受这样巨大的打击。

但坚强懂事的她很快站了起来。因为母亲的眼泪让她清醒地知道，承受痛苦的并不是她一个人，如果自己不能好好地生活，所有关心爱护她的人都会跟着一起受罪。她终于悟出了"活着，很多时候不是为了自己"的道理。

后来，她受邀参加了全国残疾人文艺汇演，看到所有的残疾人随着音乐翩翩起舞，尽管漏洞百出，但那份自信、认真与坚持却赋予了"美"的内涵，她深深地为眼前的情形所触动。她明白，舞蹈应是一种精神、一种追求。

无数次地跌倒，无数次地摔得体无完肤，甚至头破血流，可她全然不顾这些。肢体残缺，但不能让舞蹈残缺。

凝视跳动的电视画面，我的眼前又浮现出感人的一幕：一位失去右臂的花季少女在绝望、挣扎、呐喊，一只"拐杖"伸到了她的面前，她抬头，看到了一双目光坚定的眼睛和失去了一条左腿的伟岸身躯。一只有力的大手伸向少女，她看到了信任、激励和关爱……

断翅的蝴蝶，即使断翅，也依旧无法割舍高飞的本能。马丽，这个失去右臂的断翅蝴蝶用唯美的舞蹈演绎了生命的飞翔，让我再一次地震撼于生命的自信、乐观、执着和坚强。

（指导教师：谢辉根）

人间何处无风景

佚 名

清早，漫天飞雪，世界如同粉妆玉砌。我匆匆地走在上学路上。"哎哟！"循声望去，前面一个小同学重重地跌倒了，书和本子撒了一地，纸页在风中哗哗地哀鸣。许多行人赶紧围了上去。一位叔叔扶起他，十分关切地问："伤了没有？"一位大婶拿起书包，忙着收拾人们纷纷捡回的东西。一位大爷气喘吁吁地说："天冷路滑，孩子，走路要小心。"……多么亮丽的一道风景啊！我没来得及帮助他做点什么，但看到这无限温馨的场面，不禁心中一阵感动。

"这样的风景仿佛在哪儿见过似的……"站在人群中间，我默默地思忖着。

记忆的清风吹来教科书上叙说的那一幕。漆黑的夜晚，乌云笼罩四野，电鞭划破长空，雷声隆隆，狂风呼啸，暴雨倾盆。一位身披雨衣的年轻战士抱着一个小男孩，冒着风雨，踏着泥泞，艰难地行进在乡间的小路上。他时而轻声鼓励怀中的小男孩坚强地挺住，时而回头招呼身后的孩子母亲紧紧跟上。历经两个多小时与风雨的搏斗，他把母子俩安然地送回家中。他就是雷锋。

"这样的风景仿佛又在哪儿见过似的……"看着散去的背影，我继续思考。

又一重心幕徐徐拉开，涌现出电视片中记录的一个镜头。群山环抱的村庄，普普通通的人家，聚集着一群平平常常的农民，那一张张被阳光炙烤成古铜色的脸上，绽开着幸福的笑容，一道道折射着爱戴和敬仰之情的目光，把一位领袖人物包围得水泄不通。这位领袖神采奕奕，风度翩翩。他连连点头，频频挥手，节奏铿锵的话语如三月的春风鼓荡在人们的心头："大家的甘苦就是我的甘苦，你们的声音我一定带回中央。"他就是胡锦涛主席。他用平易的品格勾勒出这道和谐的风景。

"这样的风景仿佛还在哪儿见过似的……"我一边迈步疾走，一边仍在追想。

心里大火升腾般猛然豁亮起来，那不就是报上刊载的一个画面吗？"非典"肆虐，人心惶恐。医院的病床上，又增加了几个危重的患者。成天与病魔交锋，他这个知名教授也受到严重感染。高烧，咳嗽，脸色苍白如纸，两腿沉重得似灌了铅，他知道自己已临近死神，但心中装着的只有患者。于是他拖着疲惫的身子，镇定如常地为那几个患者"望闻问切"，让淡淡的微笑驱走病房里密布的阴霾。他就是邓练贤。他用献身的精神涂抹出了这道悲壮的风景。

"这样的风景仿佛在哪儿见过似的……"我的思绪漫天飞扬。一个个光辉形象连续闪现在眼前，使我应接不暇。用真情与爱心浇灌的土地，就一定百花齐放，灿烂芬芳。人间何处无风景呢？我的心弦强烈地震颤着……

带着微笑出发

杨雨凡

夜饮东坡醒复醉，归来仿佛三更。家童鼻息已雷鸣。敲门都不应，倚杖听江声。

我想，夜阑人静之时无法入家门却依然能潇洒说出"倚杖听江声"的恐怕也只有苏轼了吧，而苏轼悠然眺望沅江之时也必然是微笑着的吧。纵然偶尔会摇头叹息，最终也一定是笑对天地。

微笑，源于知足；知足，源于无欲。

或许很多人认为，隐于山林是一种消极避世的思想；或许很多人认为，大丈夫就应考取功名，报效国家。这固然不错，只是若生不逢时呢？是苦苦寻求仕途，还是从此娱情山水，不复出焉？

陶渊明选择了后者。他"登东皋以舒啸，临清流而赋诗"，从而追求到了内心的满足，在大自然中他寻找到了滚滚红尘中所没有的宁静，于是他微笑。

然而陶渊明所放弃的民生疾苦，却演变成了后来杜甫笔下的民不聊生。愤而抨击黑暗的诗人收获了沉重，弃而远离黑暗的隐者得到了淡泊。

我们都不是圣人，心系天下是一个太过不堪的负荷，我更宁愿带着淡然的微笑出发，默默走好自己的路，并在路上做一个正直而有爱心的人。

唐伯虎有一首诗我很喜欢："不炼金丹不坐禅，不为商贾不耕田。闲来写就青山卖，不使人间造孽钱。"这是一种从容的生活态度，也是一种微笑的生活方式。

我敬佩那些心系黎民于水深火热的仁人志士，却更喜欢笑看芸芸众生红尘看破的隐士高人，在那瀚海长空中，想必是别有天地非人间吧！

世事纷纷扰扰，佛家说人生七苦乃生、老、病、死、怨憎会、爱别离、求不得。这七苦自然无法一并摒除，但倘若在山水之中忘却世事，人生也许会开阔许多，乐观许多。

长恨此身非我有，何时忘却营营？夜阑风静縠纹平。小舟从此逝，江海寄余生。

（指导教师：王小枝）

偶尔停下来

谢　泉

人生就像一次旅行，不只在乎目的地，更在乎沿途的风景；

人生就像一次旅行，不只在乎沿途的风景，更在乎看风景的心情；

人生就像一次旅行，偶尔停下来用豁达的胸襟、别样的心情看看沿途的风景，才不会错过本来就不太多的幸福……

曾有这样一道测试题——

在一个暴风雨的晚上，你开着一辆车，经过一个车站，有三个人正在焦急地等公交车。一个，是病危的老人，需要马上去医院做手术挽救生命；一个，是正直的医生，他曾在你生命垂危时，救过你的命，你做梦都想报答他的救命之恩；还有一个，是漂亮的女人（英俊的男人），也有急事需要你的车帮她（他）尽快到达目的地，她（他）是你这辈子唯一想娶（嫁）的人，但错过了今晚，你就不会再拥有和她（他）在一起的机会。可是，你的车只能再容纳除你之外的一个人，你会如何选择？

很多人都有不同于别人的答案，也都有不同的理由。大家都想带着其中的一个人离开，按照自己的意愿。但有一个人的答案却与众不同，他没有解释，只是淡淡地说出了自己的答案："给救过我命的医生车钥匙，让他带着需要救治的老人去医院，而我则留下来，陪我的梦中人一起等公交车，跟她一起去她（他）着急要去的地方。"

"留下来"，也许这算是最完美的答案了吧，没有错过，更没有遗憾。然而，不是这个答案的那些人，是否是因为从未想过要放弃自己已经拥有的优势（车钥匙），所以只能选择其中的一个带走，最终却留下了许多遗憾？

有时，如果我们有豁达的胸襟，能放弃一些我们的固执和狭隘，得到的可能会更多——偶尔停下来，才不会错过幸福！

人生的旅途又何尝不是这样？可是我们总太在乎狭隘的目的地，而忽略了沿途令人心醉的美丽风景。

还记得这样一个耐人寻味的故事——

有一个少林弟子，很想练成少林绝学，成为出色的武僧。他天资聪颖，勤奋习武，深得方丈的喜爱。一天，这位少林弟子问方丈："大师，您看我还要练习多少年才能学成少林绝学？"方丈沉思一会儿答道："大概还需十年。"少林弟子说："十年的时间太久了。如果我比现在更勤奋地练习，要多长时间？"方丈不假思索地答道："二十年。"少林弟子不解，继续追问："如果我更加努力，夜以继日、废寝忘食地练习呢？"方丈微微一笑，说："那你就永远练不成了。"

故事虽短，却意味深长。很多时候我们只知道执着地盯着自己的目标，却不知道偶尔停下来，看看大千世界，审视自己内心的风云，仔细品味生活的各种滋味。结果，我们越执着，生活的真谛就越远离我们，真是"欲速则不达"。佛说"太执着则不能超脱"，我们真的应该好好体味这句话啊！

否则，当蓦然回首，抚摸着岁月碾过的痕迹时，才感觉到无比惆怅与失落。看着一些刻骨铭心的遗憾，也只能在萧瑟的秋风中感叹道："如果当初能停下来，就不会错过沿途那些醉人的芬芳了！"

有时候，错过了一次，也就真的错过了一生。偶尔停下来，看看残阳消逝，再踏着朝霞，继续人生的旅行，牵起幸福的小手，哼着歌谣，停停走走，才能明白真正的生活。

为了心中的爱

佚 名

人生步履匆匆，踩过春夏秋冬的肩膀，让爱穿过心灵深处，你会发现每个地方都有爱，都有美。

春·水杯

用感动为春揭幕，用无声让爱延续。

乍暖还寒的春，像孩子的脸，说变就变。班上的喷嚏声整天此起彼伏，显然经不住这寒流的扫荡。

每天，我的水杯都有一大杯混合着浓浓药味的抗病毒冲剂。强忍着苦到头皮发麻的折磨，"咕咚"一声吞下。连着一个星期，都是如此。

这天，终于熬不住，对妈妈吼道："你别再弄了，我不是还没病吗？用不着天天喝药！"说罢，又觉得唐突。看看妈妈的脸，掠过了一丝难堪。随即，笑容漫过了妈妈那张有着岁月痕迹的脸庞。"好吧，明天咱们就不喝了。"

第二天，水杯中是一大杯热腾腾的果汁。

春雨无色，爱无言。

秋·风铃

秋天的脚步近了，我喜欢把风铃挂在门上，聆听风吹过的声音。

某夜，我拥被而眠，到半夜竟被冻醒。正待寻找，突然听见风铃微响，门开了。我换个姿势假扮熟睡，随后感到身上一阵暖和，被子又回来了。妈妈？我把眼睛眯成一条线，看见她轻轻关门出去。

夜来香，我虽看不见你的花朵，但我却嗅到你的芬芳。

冬·暖雪

冬天是我最讨厌的季节，每天天还没亮，我就要起床，顶着严寒，到车站等车。

昨晚飘了一夜的雪，今天起床晚了。我站在雪地里焦急地等着公交车。眼看要迟到了，车还没有来。突然，一辆出租车停在了我面前，司机探出头说："孩子，去哪？"我把手伸进口袋，里面的一元硬币令得我缩回了手。我小声说："我只有一块钱。"司机笑了笑："上车吧，孩子。"我看了看表，上了车。一路上，司机为了让我不迟到，差点闯红灯。他说，他的孩子也每天搭公交车，看见我，他就像看见了自己的孩子。车里没有暖气，但我却感觉非常温暖。

到了学校，他催我快点下车，免得迟到。下了车，飘飞的雪模糊了我的视线，我甚至没有记下他的车牌号。

宽　容

佚　名

　　记得法国作家雨果曾说过，世界上最宽阔的是海洋，比海洋宽阔的是天空，比天空宽阔的是人的胸怀。它可以包容人间万物，可以与人为善，可以化干戈为玉帛。我真正明白这些却是缘于一次偶然。

　　那是一个星期一的早晨，我匆匆地去洗饭盒。要知道，时间就是生命！赢得时间就能提前完成作业，有更多的时间看看书。教室里还有一大堆作业在等着我赶去与它们"约会"呢。可今天也不知怎么了，水池边的人比平日里不知多了多少倍。难道布置作业都是全校统一的吗？我开始烦躁起来，怒火也一点一点地升了起来，整个人成了一座一触即发的火山。

　　终于按捺不住心中的那份焦急，我找了个空子，准备往里钻。过五关斩六将，历经千辛万苦，我总算挤到了水池边，心中长吁一口气——马上就可以摆脱这非人的折磨了。顾不上得意，更无暇考虑身后那挤作一团粥的人群，我开始了洗涮。三下五除二，大功告成！转身……只觉身体往左一歪，一脚踏进了池前的污水中，左手也按到了水池里，更可恶的是脸上被溅上了脏兮兮的油水，我成了不折不扣的落汤鸡！怒火冲上头顶，我立马回头寻找那可恶的"肇事者"，是一个初一年级的小男孩。我狠狠地瞪着他，真恨不得把他大骂一顿，可我怕违反纪律，没敢大吼，就那样凶巴巴地盯着他。也许是我的样子有点吓人吧，那个小男孩竟有些不知所措了，两只手紧紧抱住饭盒，怯怯地瞅着我。见我不做声，他知道大事不妙了，结结巴巴地说："对……对不起，我……我不……我不是故意的。"说着眼里泛起了点点泪花，亮晶晶的。

　　突然，我好像从这点亮光里看到了自己。

　　那是我刚入学时，也是在水池旁，碰到了一个三年级的大姐姐。那个大姐姐比我现在还惨，那身漂亮的衣服被池中的污水染成了大花脸。我吓坏了，一时间连句对不起的话也忘了说，只是愣愣地站着，等着挨一顿劈头盖脸的臭骂。可她并没有骂我，而是冲我笑笑，问我有没有磕到。那一刻，我是多么感激那个大姐姐呀，甚至还觉得能生活在这样一个学校真幸福。

那么现在的我是不是有点儿可恶呢？我不自觉地眨了眨眼，让笑容绽在脸上，虽然有点勉强。"没关系。"我脱口而出。这下轮到小男孩诧异了，嘴巴张得大大的，似乎不相信这是真的。看到他这副模样，我不由得笑了，真心的。"真的没关系，刚才我是吓唬你的，逗你玩呢！"他似乎相信了，冲我笑了笑，两个小酒窝也跳了出来，真可爱！我不由得又想到了自己家里的弟弟。"来，我帮你洗吧！"我温和地对他说。"不用了，你还是先把脚……"他似乎有点逗，顽皮地看着我那只还泡在水里的脚。"啊！"我立刻抬起了脚。虽有点儿尴尬，但我仍然很开心。回到教室，作业做得出奇的顺利。

这件事情已经过去好长时间，但是想起来我就充满感慨：泰山不让土壤，故能成其大；河海不择细流，故能成其深。我们只要拥有一颗宽容的心，厚德载物，雅量容人，宽容处事，人生就会更精彩！

像花朵那样绽放

侠 名

和谐的力量，欣悦而深沉的力量。
让我们的眼睛逐渐变得安宁，
我们能够看清事物内在的生命。

——华兹华斯

无意中我邂逅了这样一朵花。

它安静地伫立在花盆里，墨绿色的茎细细的却十分有力，没有任何多余的叶片，只是在顶端分出岔来，结了两个小小的花骨朵。

我十分欣喜，它们娇小的模样实在惹人怜爱。我给它们浇水，看着它们微微抬起头，争先恐后地吮吸着这甘露，继而涌动自己的身体，像是要挣脱花苞的束缚，完全绽放开来。我默默地等待着，定时浇水，想看这场无声的比赛究竟谁会获胜。

过了一段时日，它们竟同时盛开了。

蜕去了当初婴儿的模样，仿佛两个大方的姑娘，挺胸抬头，随着拂来的轻风，舞动着自己曼妙的身姿。那层次分明的粉红色是它们的衣衫，花瓣边缘处的淡粉到中间的粉红，一直延续到底端的桃红色，像一道布满玄奥的谜语，层层揭晓的模样，使我更加沉醉。

之后的每次浇水我更加用心，害怕这样的美丽太短暂。一天夜里，一切出奇地安静，没有风吹，没有鸟鸣，我走到阳台上，竟听到了它们的窃窃私语。

"我舍不得你……"

"你一定要好好地生活，带着我的生命，一起活下去！"

我十分惊讶，把这莫名的声音归于自己的幻听。它们只是没有思想没有能力的花而已，我告诉自己。

第二天，它们开始出现异常。一朵像往常一样高昂着头颅，另一朵却有些无力了，像是在告诉别人，父母在养育她们的过程中偏心了。直到后来，一朵越来越漂亮，张开花盘跳着比从前更加绚烂的舞姿，另一朵却越发没有精神，变得枯黄无力，却向着那朵娇艳的花，像在认输，又像在饱含深情地寄托什么。

"有一种花叫双生花，一株二艳，竞相绽放。但随着时间的推移，其中的一朵会不断地汲取另一朵的养分和精华。最后，一朵娇艳夺人，一朵枯败凋零。"无意中，我得知了这样的知识。

我惊异于这双生花的伟大，牺牲自己而成全他人——那朵花是用怎样的坚强毅力在等待和煎熬，直至把自己的养分全部奉献给它的姐妹，自己却黯然于世？那微弱而绚烂的生命，向我们传达了一个怎样宏大的生命排场？

它最终垂下脑袋沉沉地睡去，我看到另一朵傲然绽放的花也溢出泪来。

在电梯中学会和睦相处

佚 名

第一天

电梯门关上了。我和众人都面无表情地沉默着，好像一根根木桩立在拥挤的箱子里。

我家刚搬来不久，本想趁此机会和众位邻居搞好关系，但每当我善意地与别人的眼神相对时，还未等我嘴角上扬开始微笑，对方已把头转向了别处。

唉——我深深的感叹里又多了一份深深的无奈。

第二天

出电梯的人鱼贯而去，进电梯的人互相拥挤着凑了进来，没有只语片言。当电梯门关到一半时，电梯外突然传来一个响亮的声音："等一下，还有我！"

我抬起头，映入眼帘的是一个背着大包小包的青年。"大爷，帮我提着这个包，好吗？大婶，帮我拿一拿，成不？小姐，请……"青年一连串的话把我逗得哈哈大笑，大家也跟着乐呵呵地笑了起来。青年歇了歇，喘了口气，继续说道："大家好，我是××中学的音乐老师，今天刚搬来。初来乍到，请大家多多关照！"说完，还有模有样地给大家鞠了一个躬。"××中学？我还在那儿上学呢！老师好！"一个笑得很灿烂的女孩说。"哈哈……"大家都被青年的热情和女孩的调皮逗乐了，爽朗的笑声在狭小的电梯里碰撞，摩擦出友善的火花。

到五楼了，青年老师边连声说着谢谢，边拿回自己的包。走出电梯，还不忘回头再次跟大家深情地说声"再见"。

到达目的地六楼后，我走出电梯，不经意间听到了身后传来的招呼声："等一下，李大爷还在后面""大妈，您慢走"。

第三天

不知从什么时候起，电梯里有了谈天和说笑的声音；也不知从何时起，乘坐电梯的人不再拥挤，而是总为别人着想，不断移动地方，给进来的人提供更多的空间。一个真诚的笑脸，唤醒了人们的热情和友善；一抹浓浓的情谊，带来了邻里的和睦相处。

（指导教师：陆裴）

第九部分

青春涂鸦

我用手抚摸着那一圈圈轨迹，感觉它像泪滴溅起的涟漪。是谁的泪滴，浇灌了年轮上生生不息的记忆？

——吴宛《年轮不语》

年轮不语

吴　宛

　　关于成长的点点滴滴，我就像那棵沉默的老树一样，将它们一一收集，匿藏在年轮无声的咒语里。

——题记

符　咒

　　那棵与我相伴多年的老树，离开了。它庞大的躯体坍塌在冰冷的地面上，倒下的瞬间，那伴随着枝叶的哀号隐约随风飘来支离破碎的声音，永远地与老树的记忆一同埋藏在我的心底。从那以后，我再也没有听到过老树心跳的声音，只看见一个矮矮的树墩，一圈圈人们读不懂的年轮，像一道道神秘的符咒。树墩上零零星星的枯叶，一如我们脆弱的生命，终会随风飘散。

　　也许每个人都是被女巫下了符咒的木偶，被赋予灵魂与情感，却因符咒的不同而有了不同的性格。而我，一个安静的孩子，就这样背负着自己的符咒成长。

　　小学一年级，班主任给我的评价是"太过内向"。这缘于我独特的"表现"——每次下课后，别的同学都一窝蜂地涌到操场玩耍，我却一个人坐在教室里呆呆地望着黑板。因为我有很多不解之处，并不是刻意封闭自己，与生俱来的符咒，让我的心灵虚掩起了一道门。

　　那时很小，不懂什么叫孤独。只是习惯放学回家的路上，一个人独行，静静地仰望路边的那棵大树。

　　后来，我在自然课上听说了树的年轮。原来年轮一圈一圈，是树一年画一条长弧作的纪念，如同刻录着它孤独岁月的唱片，直到它被砍倒的那天，它用一生勾勒的杰作才算完结。"年轮"，我喃喃地念着，那个沉重沧桑而又不失神秘的词从我舌间滑过，淌进我的内心深处。

回家的路上，我怀着虔诚的心又一次仰望那棵老树。我心里问它："老树伯伯，你的年轮勾画了多少圈了呢？"真希望它永远不要被砍掉。

我是不是也如树一样，安静地勾画着自己心中一圈圈的年轮？

铭　记

我尝试去记住一些人，一些事。

陪伴我的老树会把天天仰视它的我刻在它的年轮上吗？我默默问它："你记住我了吗？记住那个为你驻足、为你沉思的我了吗？"老树不语。没关系，亲爱的老树，我心中的年轮早已刻上了你的身影。

小学五年级，去学英语，认识了婕，并和她成了很好的朋友。那时，婕单纯而可爱，清秀的面庞流露出纯然的灵气与乖巧。她说："小学毕业了，咱们读同一所初中，好吗？""好。"我笑着回答。可后来，我不再去学英语，也就与婕分开了。

小学快毕业时，我想起了婕，想起了我们的约定，便拿出同学录托人带给婕。她在里面写了一句话：我一直记得我们以前的约定，可现在你怎么不大理我了？这句话像一把匕首深深刺进我的心，穿透的，是往昔的回忆。不是我不想留住友谊，而是这份友谊在时间的撕扯下已拉开了一段再也填补不回的距离。

那时，我明白了，人也和树一样，内心藏着一圈圈的叫"年轮"的咒语，它帮助我们铭记一些事情。也许，怀念一个人，不一定要记住他的全部，年轮会为我们截取某个精彩或忧伤的瞬间，这就够了。

梦　想

有时候，交了朋友，不知是幸运还是不幸。太好了，怕分离，但一味封闭自己，把生活的四壁刷成冷色调，又何尝不是折磨？所以我选择勇敢面对。不论欢笑与泪水。

见到久别的婕，我哭了，也笑了。我发现，从小学到初中，她改变了不少，成长了不少。她在我梦寐以求的中学读书，而且用坚定的语气对我说："在高中，我等你。"每个字，都让我像有温泉从心底缓缓溢出。婕，其实我一直很惭愧没有你优秀，离自己理想的高中还有一段荆棘路，你的话让我第一次触碰到了梦想的光芒。

当我发现我开始有梦想时，当我发现梦想和你一样能给我温暖时，我真的很感动，那种穿越黑暗与苦痛的力量震慑了我。我会好好把这份梦想保存在心的故乡，就像树的年轮藏在心底一样，即使不一定能实现，我依然会珍存它的力量。如树，如年轮，执着地朝一个方向生长……

尾 声

老树终于还是离开了，年轮却留下了。我用手抚摸着那一圈圈轨迹，感觉它像泪滴溅起的涟漪。是谁的泪滴，浇灌了年轮上生生不息的记忆？又是什么温暖了我的心？咒语，记忆，还是梦想的目的地？

年轮终不语。

青春涂鸦

李梦雅

冬日的一个下午，美术教室里。

学生们个个眉头紧锁，若有所思。老师的目光游走在画板与学生之间。教室里静得出奇。

窗外的天阴沉沉的，风在呼呼地吹，但不刺骨。她那清秀的脸被低垂的秀发遮了半边，浅蓝色的棉衣，让她看起来更清纯。

"啪"，在轩的画笔滑落于地，一下子打破了沉静。凝望着窗外神游的他立即将目光收进教室，刚好碰撞到投向这里的一双双眼睛。他慌忙捡起笔，脸上的神色煞是尴尬。还好，目光很快散去。因这画笔的一惊，教室里有了些许躁动："你画什么？""你觉得这个怎么样？"……"咳，咳！"老师的咳嗽声驱散了躁动。在轩开始动笔。

蓝色，他最喜欢的颜色，天空的蔚蓝，大海的深蓝，"百事可乐"那诱人的蓝。还有，她喜欢的浅蓝。这蓝与在轩的样子很相像——单纯青涩，蓬松的短发，眉宇间夹藏着几分深邃，极似"忧郁王子"。

落笔前，在轩有些神伤地叹了口气，瞄了周围一眼，同学们专注的神态让他开始放纵思绪——紫色，好熟悉，母亲的最爱。那束紫罗兰一直陪在身边，散发出淡淡的幽香，涌入在轩的思绪：是岁月流走了灿烂，还是心壁随着时间的弹落而日益增厚？母亲的嘘寒问暖总无法暖进心窝，心壁内的琐事也总莫名地被挡在唇齿后。

终于，成绩遭遇"滑铁卢"。因那张清纯的半掩的脸？也许吧！总之，母亲发怒了。思绪飘转，他对自己的倔强深感愧疚——紫罗兰买来也一直没有送。

天开始放晴，窗外射进一缕阳光，照在在轩的身上，暖洋洋的。透过窗子，在轩看到外面的世界充满诱惑。真的需要有人为自己指一条"绿色通道"才能到达成功的彼岸吗？他问自己。

望着画板，在轩笑了，很迷人的微笑。

"铃——""同学们，交上你们的作品，下课。"在轩把画纸轻放在讲桌上，走出教室。他的作品是一颗长着翅膀的心，翅膀缤纷而不杂乱，鲜红却留有一处空白。

窗外，风依旧在吹。长廊里走过嬉笑的人群。一束耀眼的光照在人去屋空的教室的黑板上……

（指导教师：刘景霞）

"水"与"火"的融合

欧阳钢

他和她是同桌，却不讲话。他看她很不顺眼：那整洁大方的衣裳，那一丝不乱的长发，那阵阵袭来的清香，还有那张清秀文静的脸，都使他厌烦，觉得即使蹲监狱也比和她同桌好受些。她也很看不惯他：那茅草般乱蓬蓬的头发，那耷拉着的衣领和运动员的气息，使她觉得身边这位"危险人物"，已使自己置身于火山口了。

然而，他和她都是品学兼优的学生。虽然，他常常因为她的过分平静烦闷得龇牙咧嘴，却又不得不对她那标准的英语发音钦佩不已。她是百灵鸟吗？假如是，那一定是外国的百灵鸟了。自己只能算粗声粗气的中国老牛。虽然，她不时对他桌椅"嘎吱嘎吱"的二重奏与他那男高音大嗓门皱眉，然而，他那敏捷的思维却又使她望尘莫及。

一次英语课，英语老师极力赞扬她的发音时，他不经意地瞟了她一眼。她还是那么平静，如水一般，甚至一丝笑意也没有。板着脸干吗？假正经！他撇撇嘴。

一次数学测验后，他照例拿了最高分，且解题方法空前绝后地妙，数学老师得意地称他为"数学王子"。这时，桌椅二重奏的节奏急促地响起来。她诧异地转过脸去。他正摇头晃脑地大笑特笑（只是没有笑出声来）。真是得意忘形！她愤愤不已。

充满火药味的日子过了一天又一天。

在一个不平静日子，平静如水的她，却因数学考砸被老师重重地"克"了一顿。订正试卷错误时，她为一道题整整一个中午绞尽脑汁，却仍是一筹莫展。忽然，他来了，随即"嘎吱嘎吱"的二重奏响起。她刚有点眉目的思路被这"二重奏"搅得一塌糊涂。她气愤地看着他，凤眼圆睁，柳眉倒竖，一改平时的文静相。他得意地欣赏着她恼怒的表情，二重奏更急促、响亮起来。终于，响亮的二重奏使她对他的不满在极度忍耐中决堤。"水"与"火"的战争终于爆发。她颤声对他不停地指责、咒骂，几乎有些歇斯底里。他却一反常态，平静如水，两手插兜，一派绅士风度。等她骂累了，哭够了，他一声不吭地夺过她手中的笔，在她画满了线条的草稿本上摆起了龙门阵，"刷刷刷"，三下两下，几笔勾勒，几条辅助线，然后笑着说："这不，问题解决了！"她的小脸儿渐渐地由阴转晴。

此后，他们之间似乎有了微妙的变化。他依旧热情如火，却不再不假思索乱说话；她依旧恬静如水，却有了偶尔的热情。读英语时，他依旧是中国老牛，却似乎有了些外国的腔韵；做数学时，她依然思维平和缜密，却多了一丝敏捷与睿智。

"水"与"火"间的关系渐渐平静，渐渐，渐渐，他们不再以异样的目光看对方。他的狂妄不羁，她不再感到惊讶；她的平静谦逊，他也不再嗤之以鼻。甚至，她有些崇拜他的桀骜不驯和机敏过人，他也有些佩服她的平和端庄与口语出众。

又过了一段时间，他不再热情如火，她也不再恬静如水。他的热情少了，却多了冷静和深沉；她的平静少了，却多了敏捷和活泼。

还是那桀骜不驯的茅草般的头发，还是那一丝不乱的长发；还是那耷拉的衣领，也还是那整洁的衣裳。强烈的反差却成了极度的和谐。他和她成了好朋友，都默默地学习对方，提高自己。

叛逆·成长

何梓欣

十五岁，花一样的年龄，虽还是满脸稚气，但壮硕的身体已俨然是个大人。母亲只及他肩头的高度，父亲也开始要仰着头看他了。他，已发育成熟了。

可长大的少年却越来越让父母担心：逃课，恋爱，打架，沉迷网络游戏……父母越是禁止做的，他越变本加厉地去做。

叛逆，已成为他与父母之间的鸿沟。

终于，有一天，父亲询问少年不再听话的原因。

少年说："我已经长大了，不再是你们操控的棋子了，我需要有自己的生活。"

父亲叹了口气："你打算过怎样的生活？"

"我现在还不知道，但我需要离开你们，寻找属于自己的坐标。"

父亲很无奈，只好给了少年500块钱。望着儿子转身离去的背影，父亲摇了摇头："你真的长大了吗？"

少年揣着那500块钱去了一个离家很远的城市，那里很繁华，但少年却找不到它的入口。光怪陆离的都市，使少年的钱包日渐干瘪，500块钱像一杯水倒进沙漠一样，很快就无影无踪了。于是，少年不得不出去打工。

春去秋来，一年很快就过去了。少年在饭店刷过盘子，在大公司做过保安，在酒店做过门童，还跟人一道拾过垃圾。他的双手终于在疲于奔命的生活中长满老茧，他的心也随着日出日落，渐渐懂得了以前父母生活的不易与他们对自己的爱。

终于，在新年即将到来之际，少年拨通了那个熟记心头的号码。电话那端，是久违了的父亲的声音。那曾经唾手可得而又从没有丝毫珍惜过的东西——亲情，在这一刻显得如此珍贵。

141

父亲问："找到成长这东西了么？"

"找到了，找到了……"少年早已泪流满面。很快，他回家了。在行李中，多了两件用自己的劳动为父母换来的新年礼物。

故事到这里就结束了，但少年的成长仍在继续，因为这只是他成长过程中的一个瞬间，虽然短暂，却是如此重要。

终究，叛逆是要回归理智的，冲动过后便是成熟。叛逆与成长原来就是并肩而来的一对孪生兄弟。

（指导教师：杜其胜）

随风而去

冯　敏

每天，我都会夹着许多书上学，在这条已走过一年的路上，看无数张漠然的脸，闻无数次随风而来的"剑拔弩张"的味道，这便是我的初中生活。

偶尔看到背着书包、穿着校服的学弟学妹，一路抛洒热情和纯洁，才发现那些曾经属于自己的年华，已随风而去。

残留的记忆似暗香，久久都不能散去。我很喜欢一句话：缘分就像贴满广告牌的公交车，不停地有人上，有人下。

岚，我以前的同桌，很短的头发，像个假小子，喜欢没心没肺地大笑，喜欢在我伤心时，卷起袖子大义凛然地说："没什么了不起，别哭！"这个印象一直定格在我脑海里，小学分开后的一年，在路上见她背一个小背包，长长的披肩发，是个很腼腆的大姑娘了。那些曾经拥有的都失去了。

有点想念，但那些都已随风而去。

青，以前跟我处了两年的"把姐妹"，喜欢在我哭时讲笑话，喜欢跟我说话时滔滔不绝。现在，跟她通电话，我沉默，她也沉默，不再口若悬河，不再给我讲笑话。

有点想念，但那些都已随风而去。

明，以前我后排的男生，自诩是周杰伦的"克隆"，喜欢扯一副五音不全的嗓子在讲台上大唱周杰伦的歌，直到有人找书砸他。现在，他染了"彩发"，依旧唱周杰伦的歌，骑着摩托车满大街转悠。没人再用书砸他，见到我不再拍我的肩膀，而是很老成地点点头。

有点想念，然而那些也都随风而去了。

......

　　毕业了，大家各自在新的环境中适应新的角色。我，在新的校园中，常一个人孤独地来来回回。不知不觉，从手指间溜走的是许多令人怀念的时光，而有许多已随风而去，根本无法挽回，尽管很想念。

（指导教师：冯汝汉）

长大就是不断改变

杨悴萌

镜子里，剪着童花头的可爱女孩朝我绽放出一个大大的微笑，我不禁怅然若失。"这，真的是我吗？"我的心中生出一丝怀疑，"原来，短短十年我居然变了这么多啊！"

变——学习

过去：看着桌上的几本练习册，我痛苦地埋下头，在本子上顺手填几个答案，不管作业做没做完，只要同伴一呼，拿起沙包就直冲花园。

现在：我看着堆积如山的作业，嘴里嘟囔着"忙死了，忙死了"，手上的笔却并未停下，还在心中默默地计算着剩余的作业量，安排时间，似乎全身的每一个细胞都在念着作业。

原来，长大的我面对学习竟有了这么大的改变。

变——兴趣

过去："编，编，编花篮……"我和小朋友在空地上乐此不疲地玩着，满头大汗却丝毫未觉，每天放学后我们都聚在一起换着花样玩耍。

现在：每每有空暇我便坐在书桌前，捧着一本本课外书专心致志地阅读。我的心始终围绕书中的文字跌宕起伏，阅读总能给我带来内心的宁静和欢愉。

原来，长大的我兴趣爱好有了这么大的变化。

变——处世

过去："这道题肯定是你错了！""你才错了呢，明明应该这样做！""你错了，你真笨！""你……"教室里，我和小A的争吵声又响了起来。不过是同一道题用了不同的解法，我们却吵得不可开交，小脸涨得红红的，一脸的焦急和不服。

现在：我站在一群同学身边，听他们谈论偶像，虽然对这种盲目崇拜不以为然，却一直静静听着。"与君白黑太分明，纵不相亲莫相轻。"不过是志不同罢了，何必两不相让？

原来，长大的我为人处世竟有这么大的改变。

我在不断长大，也在不断改变。我已经改变了许多，也许还会改变更多。不过，在成长的道路上唯一没变的是我的自信。看我七十二变，我的明天更精彩！

（指导教师：喻旭初）

伤感的秋

陈　璐

秋是个悲伤而又令人感动的季节。

韩小婉，这个秋天出生的孩子，有着和秋天一样独特的性格。班上很少有人知道她的家庭情况、电话号码，因为她总是默默无闻，不愿与人接触。

刚刚结束了期中考试，同学们都特别紧张，不光担心考试的成绩，还要担心即将面临的初三。这群十五六岁的孩子要跨过人生的第一道难关，他们各自早已找好了自己的对手，想比比谁能考得更好。

已经打了上课铃，但班主任张老师迟迟没进教室，坐在窗户旁的小婉眼睛死死盯着窗户外。

"韩小婉，集中精神！"张老师一进教室，就看见小婉坐在窗户旁发呆。

"韩小婉，你的成绩可退步了，人家萧可欣的成绩比你高了！"走上讲台，张老师接着训小婉。韩小婉明显感觉到，整节课张老师都用不满的眼神看着她。

"我还以为我们的韩小婉同学多么优秀，如今也不过是我的手下败将而已。"下课后，萧可欣傲慢极了。

小婉独自坐在座位上，表面上看起来和往常一样平静，其实她的心已被老师和萧可欣抛出的"冰雪"冻裂了。

过了几个星期，大家好像都已忘了这件事。

"张老师好！"

"张老师好！"

同学们一声声亲切地问好，让张老师颇感欣慰。可是，小婉每次都不叫张老师，甚至连张老师跟她讲话，也只点头或摇头。

有一次，张老师真的发火了，点名道姓地说："韩小婉，即使上次老师说了你，你也不能这样没礼貌吧，你成绩下降是事实，难道我连说都不能说？"韩小婉是个自尊心很强的人，老师的话像一把刀，一刀一刀把她刺得遍体鳞伤。

萧可欣对韩小婉的攻击更是越来越猛烈，因为她已经把韩小婉看成了她的对手，所以，她一直都在暗中调查小婉。她以千金大小姐的手段，从韩小婉的老同学那里得知韩小婉以前是个活泼开朗，很讨大家喜欢的小姑娘。是什么使韩小婉有这么大的改变呢？在好奇心的驱使下，萧可欣悄悄打开了韩小婉的抽屉。结果，她发现了一封信：

敬爱的老师，亲爱的同学们：

你们好！当你们看到这封信时，我可能已经上了飞机。

也许你们一直疑惑，我为什么总不说话，很沉默。现在我可以告诉你们了，那天，我去医院检查，医生说我得了罕见的传染病，要尽快去国外治疗。我想等初中毕业了再去，看来不能再等了。为了让大家不受传染，我不敢说话。如果因为我而让大家受到伤害，我会内疚一辈子的。所以，我必须与你们保持距离。

今天，我要走了，医生说我的病不能再拖了。

我会永远记住你们的！

韩小婉

这一刻，萧可欣终于明白了一切。

"你为什么要一个人承受这一切？为什么不说出来？韩小婉，你真是个笨蛋！"萧可欣大叫，同时她也在心里默默为小婉祈祷，祈祷小婉早日康复。

青春交响乐

丁 强

音乐响起，此起彼落，踏着青春的节拍，我们痛并快乐地度过青春的日子……

第一乐章 现实谱

"当你选定了路，就不要怕路太坎坷。当你已经上路，就不要怕路太遥远。"

"我们都是自然的婴儿，卧在宇宙的摇篮里。"冰心老人的诗总是让人搜肠刮肚而琢磨不透。而我更想说："我是啼哭的婴儿，卧在妈妈的怀里。"当上帝突然送给我一件礼物，让我的第一次幻想化为泡沫——试卷上红笔勾勒出的分数破坏了我完美的梦时，我学会了面对残酷的现实，勇敢地去奋斗。求学路上的第一场夜战，无声无息地拉开了帷幕。半夜三更，饥肠辘辘，泡上一包方便面，继续挑灯夜读。第一次尝到了付出多少就会收获多少的滋味，有几分苦涩，但更多的是甜蜜。看到妈妈脸上的笑，我第一次感到无比心安。

一直以来，总认为上帝会眷顾勤劳的人，可是爸爸的去世让我对心中的上帝有了新的认识。随着时间的流逝，我虽然学会了坦然面对生活，但也许因为自己还是一个孩子，有时，一不小心，泪水就会触醒已经沉睡的痛。有过迷茫，想过低头，可是当我看到残疾人运动员在残奥会上拼搏时，我被深深地触动了，我明白应该让自己坚强起来，快乐起来。

第二乐章 幻想曲

我喜欢幻想。从历史难以详细记载的古代到神秘不可捉摸的未来。

几十年后，或许有这样一个午后：阳光从窗外射进来，斑斑驳驳地铺满阳台，大片大片的凤凰花开得正烂漫可爱，我，一个白发苍苍的老人，经过岁月的历练，悠闲淡定，闲适地坐在轻轻摇摆的躺椅上，摊开膝上那本年少时的日记本——扉页微微发黄，字迹微微模糊，时光却被定格在遥远的记忆中，那里刻着两个字——青春。

我对朋友说：明年的儿童节我还要过。尽管年龄已把我带到了青年人的行列，但我依然幻想着一个个美好的儿童节。

第三乐章　飞翔奏

不知道下一次遇到的ABCD带来的是骄傲还是绝望，但青春那渴望飞翔的声音，却富有强烈的吸引力，总能唤醒我内心深处斑斓的梦想和对梦想最执着的激情。

我渴望有一个充实的花季，渴望在花季里有一个广阔的天空、一双强有力的翅膀，让我挥舞着青春的热情，飞往梦想的天空。

第四乐章　永恒乐

这么多年来，一直被人称为乖孩子，但内心里却一直以为自己的人生很苍白。当把所有的过往都温习一遍后，我才发现，其实自己一直在坚强、勇敢地成长。我看见属于自己的青春旗帜张扬地在天空中飘舞，于是，更加明白，幸福仍值得我期待。

音乐落下，余音回绕。其实，每一个结束都是新的开始的前奏，只要努力，青春的交响乐就会陪伴终生……

（指导教师：杨桂芳）

不打伞的日子

杨小迪

小时候，我渴望有把小小的漂亮的伞，而我那件难看的雨衣，穿着它骑车很不方便。每次看到同学们打着花花绿绿的伞在雨中嬉戏时，心总痒痒的，我多想也有把小小的花伞，浪漫地在雨中散步啊！

有一次，我赌气不穿雨衣，任春雨飘洒在我身上。想不到，雨丝细细柔柔的，拂得脸颊好舒服。烟雨笼罩下，我真切地感受到了大自然的活力和温情，感觉自己也变成了小雨滴，欢快地蹦跳歌唱着。那一刻，我不再羡慕别人的小花伞了，甚至想：真可惜，他们不知道扔掉雨伞的快乐。

从此，雨天不打伞成了我的习惯，即使遇到大雨也不想躲，因为淋着大雨也有种快感。当然，淋得落汤鸡似的我，回到家少不了挨妈妈的数落，可我只说："淋雨很舒服！"惹得妈妈又惊奇又怀疑地看我。

可是，有一天，雨水不再温情，打在我脸上冰冰的。一阵冷风吹来，纷飞的枯叶打着旋儿落进泥水中，再也起不来。我突然感觉很冷，瑟缩着觉得自己就是这枯叶，真的好需要一把伞————把可以遮风挡雨的伞！

老天好像明白我的心意似的，回到家里，妈妈就递给我一把美丽的花伞。我接过来，撑开它，兴奋地冲入雨中。雨点打在伞上，噼里啪啦地响，和着雨点的节奏，我独享着伞下的温情——慈爱的亲情与淡淡的温暖。

"姐姐，你的伞真好看！"我回过头，原来是邻居家小妹妹。她妈妈几年前过世了。她像往常一样穿着件小雨衣，仰起的小脸溅满雨滴，眼里满是羡慕、渴望。

我犹豫了一下，然后把伞移到她头上："这伞送给你了。""不，我打一会儿就还你。"她笑了，我从没见她笑得如此灿烂、可爱，望着那朵蹦跳着远去的花伞，我真希望她能重新得到失去的母爱！冰冷的雨滴又打在我的脸上，可我却感觉有股暖意在心里腾起。

　　突然想起一篇短文里的场景：一家人去旅游，突然下起大雨，妈妈赶紧把唯一的雨衣披在奶奶身上，奶奶却脱下来披在小孙女身上，并说孩子最弱小，小女孩却不依，说身边那株刚绽放的玫瑰才最弱小、最怕雨，说完把雨衣轻轻披在了玫瑰花身上。

　　童心如花般美丽，我想和小女孩一样，把温暖送给比我更需要的人……

　　后来，妈妈又给我买了一把小花伞，它时常在夏雨中尽情展现它的风采，但我仍时时想起那不打伞的日子。

（指导教师：周让）

152

我们的班主任

杜 阳

临近毕业了，我很想写写我们的班主任兼语文老师。你也许会说："你是语文课代表，当然为他说话啰！"那么，就请你听听班上其他同学的心声吧！

张玉瑶：你用才情点燃了我们的作家梦

当你端坐办公桌前，奋笔疾书时，你一定不知道，我们在默默注视着你。你左手按着本子，右手随着笔尖的运行微微颤动，嘴角露出一丝不经意的微笑；忽然，你又双眉微蹙——我们似乎听见了你内心深处的叹息。我们猜，你的名字又将出现在某一家报刊上了。"强师出高徒"，在你的引领下，我们都做起了"作家梦"，许多同学还在报刊上发表了作文呢！

夏露：你让我从"网瘾"中解脱出来

那天，你坐在电脑面前，回头问我："你又上网了？"我低着头，准备接受批评。不料你却说："那你查阅了我们的星星文学社了吗？"我摇摇头："我找不到……""过来，我教你。"你微笑着打开了我们在中华语文网上的文学社网址——天哪，我居然看到了自己的名字！"看，你的作文被评为精品了还不知道，你在网上做什么呢！"我脸上火辣辣的，嘴里嘟囔道："老师，我只会打游戏，聊天……"你脸色严肃起来了。"上网是可以的，但是只沉湎其中的娱乐功能，就会玩物丧志！"从此以后，我上网就会查阅我们的文学网站。不知不觉，我不再迷恋网络游戏了。

何小丽：你让我知道了自己不笨

我刚转学来的时候，你对我说："小丽，你计划第一次月测考到班上第几名？"你一定不知道我为什么羞红了脸——在原来的学校，我可是一个连老师都不会正眼看一下的差生。那次月测，我考得一塌糊涂，你把我叫到了办公室，微笑着对我说："你在学习上很有潜力呢！下一次，我看你能考进班上前十五名！"我眼睛一酸，说："老师，我很笨……下次我争取考进前二十吧。"你拍拍我的脑袋："好吧，二十名就二十名！"在你的鼓励下，我从一个差生变成了"优生"……

瞧，这样的老师我不该好好写写吗？可是倾听了同学们的深情叙说后，我反倒难以下笔了——因为他们已经说出了我的心声！

下雨天，真好

佚 名

黄梅时节家家雨，青草池塘处处蛙。

雨，淅淅沥沥，沥沥淅淅……

雨密密地斜织着。伴随着雨，悠扬的箫声萦绕。那样欢快，那样明净。突然，随着"啪"的一声响，箫声戛然而止。

父亲如同一头暴怒的狮子，将巴掌扇向他的女儿。"都初三了，还有心情和时间吹，靠吹箫你就能吹出个重点高中吗？还不快给我复习去！"说完，粗暴地抢下女儿手中的箫，扔到地上。

女儿呆呆地站着。泪水流过她红肿的脸颊，滴到地上，溅到她心里。

她的迷茫的眼神透向窗外。

窗外，雨不小，但却没有她心中的这场倾盆大雨猛烈……

下雨天，好吗？

女孩默默埋葬了箫，埋葬了梦，一头扎进书本。

从此，树林里少了箫声，课堂中多了提问题的声音；山野上少了一个身影，教室里多了一个人埋头苦读。她一直记得父母的期望，心中只有考上重点高中的呼喊。

大家都夸她懂事，夸她好学，却不知她在雨天里落了多少泪。

临考前，父亲的身影移进了女儿的房间。女儿正出神，父亲轻轻地拍拍她，她仿佛从梦中醒来，茫然地看着父亲。

"又下雨了。"父亲说。

女儿无语。

"到外面去走走吧。"

女儿不相信这是父亲的话，疑惑的眼神射向父亲。目光中，父亲是那么和蔼。

"去树林吧！"父亲再次对她说。

她的心中顿时涌起了无限激动与希望。

她欢快地跑了出去，突然，她转身回来。对，她差点忘了那枚尘封的箫。温柔地抚摸着它翠绿的身体，伴随着箫声，女儿的脚印留在了树林中的每一个角落。在这雨中，她尽情地吹，尽情地欢笑。雨点不时落到她脸上，手上，箫上，她全然不知。

雨天，她终于找回了遗失许久的自我，终于从无尽的学习中被释放。她终于能在雨中漫步。

雨，淅淅沥沥，沥沥淅淅……

下雨天，真好！

（指导教师：伊尘）

老 茧

毕正帅

一摸到手上的茧子，我心里就有一种说不出的感觉。它已伴随我度过了几个年头，每次触到它我都会想起往事。

小时候，我经常乱花钱。同学们谁有了新玩具、新文具或新零食，我都要去买跟他们一模一样的回来。而学校门口的小货摊和路边的小商店里总有发掘不尽的新鲜玩意儿，它们吸引着我一次次光顾，一次次流连忘返。钱像水一样在我手里流失。终于，父母意识到了问题的严重性，下决心帮我改掉这个坏习惯。

暑假的一天，艳阳高照，父母带着我到田里除草。开始，父母让我用手拔草。我努力拔着，没一会儿手就火辣辣地疼了。又过一会儿，腿也麻了，腰也酸了，要费半天劲儿才能站直身子。我看着父母用锄又轻松又省力地很快就把一趟锄完了，我却还没有拔了一半，心里有些着急，就"申请"用锄。

长这么大，我还是第一次用锄，锄杆长，锄头沉，光是把锄头甩到前方去就不是件易事，而且，就算扔出去了，也不知道该在什么地方下锄。心里默默盘算着，我选择了从草旺的地方下手。用力把锄扔出去后，我就双手紧握锄杆使劲拽。可拽了好几下，一棵草也没锄下来，锄头反而被拉进了深土中，纹丝不动。我心想：看来除草还真不是件容易的事，得慢慢学。

我看着父亲拿锄的动作，自己仔细琢磨。只见父亲弓着腰，两脚一前一后站稳了，看准草根，把锄头又稳又准地甩出去，轻轻一拉，让锄刃铲进浅土，然后双臂一用力，把锄头平着拉回来，草就都倒在地上了。呵，父亲的动作真潇洒！我也慢慢学着父亲的样子，弓起腰，把锄头甩出去，胳膊使劲拽。可过了一小会儿，我就支持不住了，浑身上下没一处不疼。最要命的是父亲老不说休息，还一直不紧不慢地锄着草。父亲好像感应到了我的心思，终于缓缓抬起头说："你现在知道挣点钱多不容易了吧？以后还那么大手大脚地乱花钱吗？"没等我回答，父亲又接着说："不要停，一直干完再休息。我和你妈平时都是这么干的，你也好好体验一下这种滋味吧。"我放眼一看，还有一多半呢，可也不能说不干，只好低下头弓着腰坚持到最后。

第二天，我又细又嫩的手上磨出了好几个血泡。一不小心，血泡破了，便疼出一身大汗。过了几天，血泡没了，手掌上留下了一层又硬又厚的老皮。母亲说这是茧子，她和爸爸的手上都是老茧。

这次体验，让我改掉了乱花钱的坏毛病。因为每当看到父母手上不知道磨了多少次结了多少层的老茧时，我心里就愧疚不已。

茧子是我心中永远的烙印。

第十部分

走 四 方

闭上眼，湖上有风吹来，隐约听见有鹤在傍水的朱楼外幽鸣，猝不及防地，一个个动人的传说带着西湖氤氲的水汽向我迎面扑来

——佚名《穿行在水色江南》

游天门山

周　静

"天门中断楚江开，碧水东流至此回。"诗仙李白曾以这样饱蘸激情的笔墨挥写着天门山的奇景。时值金秋，我远足来到了这里。

近了，更近了！我感到了那股清新的江风，夹着几分水的气息，带着几缕山的温馨，于是，我飞快地向它奔去。我从未如此兴奋过，心海里浪潮翻滚。正值中午时分，天高云淡，阳光和煦，长江如一幅流动的画，又似一条蜿蜒的龙，闪着粼粼的波光，和着哗哗的奏鸣，曲折流向远方。

天门山系"夹江对峙"的东梁山西梁山之并称。两山遥对，互为依托，互相映衬，却各具风采，自成一景。仰视东梁山，沐浴在秋日的柔光中，显出几分妩媚与婀娜。靠江一侧，如斧削刀刻，悬崖绝壁，高若万仞；其背则为苍松绿树覆盖，深黛秀丽，虽是秋季，竟也苍翠葱绿，透出无限生机。江风略带寒意地袭来，树头攒动，摇曳起伏，娇美中添了些含蓄，带着些羞涩。山阴下有巨石兀临江面，登上巨石，只见浪花飞涌，白沫泛起，撞击着嶙嶙乱石，发出撼人心魄的龙虎声威，那气度，那风采，不由使人暗暗心惊。仰视山间，几处房屋树石交相掩映，怪石峭岩频频突兀而出，令人叫绝。再往上看去，东梁山斜倾于江面，竟似向我压来，又好像欲拥抱西梁山，想再度相逢。

夕阳西下，红霞涌起，日如红玉，半隐半现于水天相接处，放出朦胧迷幻的柔和天光。东西梁山在这缥缈之境中勾勒出雄浑的剪影，显现出粗壮遒劲的线条。长江之水闪着血红色的波光，一层红雾覆盖其上，似与江水一起流动。在这风雅的山和潇洒的水之间，飞来几只红嘴江鸥，但很快便隐没于残阳之中了……

我忽然有一种感觉：这东西山原为一体，只是被这奔腾的江水冲开了，撕裂了，那微倾的山姿、嶙峋的怪石、陡峭的悬崖，便是最好的证明。我仿佛瞥见了那石破天惊的一瞬：怒涛奔腾，声如雷鸣，天地震颤，天门中间訇然崩塌……

（指导教师：赵桂珠）

大佛寺游记

袁 文

青山如黛，连绵不绝；峰峦叠嶂，起伏如浪；新篁拂翠，花映岩间；清风习习，碧树生凉。暮春时节的大佛寺一定美不胜收！不必说那慈眉善目的大佛、历史悠久的木化石，单是那影视基地的刀光剑影、铁血柔情就令人心驰神往。再配上周围的群山叠翠，清池碧透，山花点点，让人迫不及待地想一睹为快。

沿着蜿蜒的小径拾级而上，我来到"文君院"。这里曾是电视剧《凤求凰》的拍摄地。昔日司马相如琴挑文君，相约私奔，成就一段千古奇缘的画面又浮现在我眼前。正遐想时，耳边不时传来"臭豆腐、油条"的吆喝声。思路被打断，我很是懊恼，放眼望过去，只见人群熙熙攘攘。游人东一簇、西一簇，围着照相的小贩讨价还价……司马相如的生花妙笔、卓文君的倾城之貌，现在何处呢？

唉，"文君院"令人神伤，只好到"射雕村"去看看了。没进"射雕村"，就远远看到射雕英雄的铜像下拴着好几匹马，几个游人坐在马上，搂着铜像嘻嘻哈哈地摆着各种姿势。这与"挽雕弓、射天狼"的射雕英雄多么不搭配！我分明从马的眼神里读出了一份心酸和无奈：曾经"勇趁军声曾汗血"的它们，此刻却做着比"至今犹困盐车"更痛苦的事——取乐于游人！

我不忍再看下去，扭头继续往里走。泉流声声，水车闲置在那里，碾坊竟成了摆设。几个小商贩正卖着糕花，给周围增添了一点热闹，可我对此没兴趣。看到"曲三酒家"，就想到牛家村密室里发生的一幕幕。在这儿吃，岂不是将杨铁心、郭啸天的侠肝义胆与鸡鸭鱼肉等同了？

我加快脚步，一路向前走去，只想把这一切想法统统丢到脑后。

（指导教师：杨利华）

难 老 泉

杜念昀

听，是谁在唱歌呢？老远就听见一种脆生、轻快、响亮的声音。

金色的阳光像雨丝一样，从密密的树叶缝里筛落下来。在我们的衣服上印了斑斑驳驳的细碎。泉水叮叮咚咚响着，就像谁拨弄着琴弦，奏出了她静夜里睡梦中的淡泊与宁静。

踏上那凸凸凹凹了千年的石板路。阳光洒在上面，闪烁着调皮的金色，和轻风流水一起晃动着，跳跃着。

朝着那声音走去，我看到了难老泉的泉眼。只见一股一股的泉水争着从泉眼涌出来，似乎永远冒不完，永远不会干，显示着它生命的旺盛和坚强。

落花轻轻地依偎在水面上，随泉水漂流着。但是，此时的泉水却抛开了宁静，因为它知道：花落是一种完成，余香也许最美。

经不住诱惑，我用手轻轻捧起哗啦啦的泉水，在手里，泉水还是那么透亮、晶莹，只是觉得手凉凉的。泉水不急不缓地向远处流去，千百年来就这样不知疲倦。当然，并不是每一滴水、每一条小溪都能汇入大海，这泉水也不一定能到大海里，但有了这份守望，它就变得执着。

消逝的从来都是有形的生命，留下的却是历史文明的精神，它常常昭示着生命的存在和价值。现在，它已没有了任何依恋，只是带着那些美丽的传说，年复一年、昼夜不歇地唱着欢歌，朝未来和大海流去……

（指导教师：罗方荣）

163

穿行在水色江南

佚 名

　　我迷恋着旅行，热衷于游山川秀水，览湖光山色。

　　我尤爱江南之景，想起江南，闭上眼，总有一个关于江南馥郁的梦在冥冥之中召唤着我，召唤我带上一颗旅行的心，穿行在水色江南中……

　　听着江南温婉的吴侬软语，我的眼前总会掠过江南水乡烟柳画桥的美丽影子，总会闪过乌镇幽静、清秀的倩影。

　　在乌镇旅行，穿行在水乡的蓝天灰瓦白墙、小桥流水木舟之间，仿佛在一呼一吸的间隙里都充斥着江南独有的如水气韵。站在白石桥上，空气里是江南一域烟雨的潮湿，有轻盈的水乡女子手提荷花灯，撑一把油纸伞与我擦身而过。她的明眸让人觉得，仿佛有清澈的湖水在她眉黛间流连。我的心醉在江南女子的梨窝浅笑中，亦醉在乌镇那隽永清秀的流水间。行走在这江南水乡最美的一隅，我那颗酷爱旅行的心装满了乌镇的温柔气息，乌镇啊乌镇，你竟在我心里呈现出一个永恒的天堂。

　　漫步在西子湖畔，我总有一种在历史中穿行的恍惚。毕竟，这里沉淀了太多的文明，有太多流传千载的故事。闭上眼，湖上有风吹来，隐约听见有鹤在傍水的朱楼外幽鸣，猝不及防地，一个个动人的传说带着西湖氤氲的水汽向我迎面扑来，关于苏堤、雷峰塔，关于"欲把西湖比西子，淡妆浓抹总相宜"的绝美诗篇……在西湖旅行，我看见雾气氤氲在流水边，把水草和游鱼的呼吸也变得如同丝绸一般柔顺，西湖所蕴藏着的浩如烟海的历史底蕴，让我怦然心动。

　　读着李后主的"胭脂泪，相留醉，几时重，自是人生长恨水长东"，总能无端地想起秦淮纷飞的琼花以及漫天的柳色。秦淮，这个多情的地方，总能让我忆起这里吹断云水间的笙箫，寒烟笼细雨的庭花，忆起李煜的"露华新月春风度，车如流水马如龙"……这些关于秦淮八艳、南唐故里的故事，沉积在江南的郁郁楼台间，倾诉着琼花月影中道不尽的往事。在秦淮旅行，我捕捉到了李后主的悲伤，以及无数水色江南的美丽所在。

　　旅行是一个让我心醉的过程，穿行在这如水的江南，让我在美景中洗尽心中的滚滚红尘，让我汲取了历史的深沉，更让我品味到了如水的绝代才情。带着满心的欢愉在水乡旅行，我一路收获着美丽。

第十一部分

开花的季节

在这个

一切都可能

开成花的季节

所有的芳香

弥漫成幸运的星座

带着爱和希望

在天上的街市飘荡

把黑暗燃烧成黎明的光亮

——周睿璇《开花的季节》

无　语

郑思阳

一年就要走了，
倚在窗边，
望着满布忧愁的天空。

夜已深，
远处灯火阑珊，
如同繁星，若明若暗。

旷野中鞭炮声声，
诉说着浓浓的年味。
沉浸其中，
可也有我的忧伤？

回望过去，
很多泪水、欢笑值得回味，
如今，
一切都将逝去。

走了的永不再回来，
我紧紧攥着，
一切却都从指缝中溜走了。

无能为力地呆望着，

逝去的一切，

默默祈祷，

希望明天会更好。

（指导教师：温秀萍）

第十一部分 开花的季节

开花的季节

周睿璇

在这个
一切都可能
开成花的季节
一树的海棠
镶着阳光的蕾丝
将每瓣花摇曳成笑语
溅在池塘心中
水花开放成春天

时间带着盈盈的香气
采上大把大把的绿色
引领生命在天地间飞翔

向每一个认识的
不认识的朋友问好
看啊，枝头的新绿
就是它的杰作

在这个
一切都可能
开成花的季节
所有的芳香
弥漫成幸运的星座

带着爱和希望
在天上的街市飘荡
把黑暗燃烧成黎明的光亮

晨光打着手语
悄悄地打开花蕊的门
那是被阳光晒透的心房
轻轻一捋落下的花粉
都是一粒粒暖洋洋的感动

在这个
一切都可能
开成花的季节
生命张开了帆
像蝴蝶一样
等待一次诗意的流浪

（指导教师：周建军）

心　路

叶　静

我的心很大
装下了祖国、社会和秀丽山河
装下了世界的色彩斑驳

我的心很小
装下了妈妈一个关怀的眼神
装下了陌生人一抹匆忙的微笑

我的心很长
装下对蹉跎过去的回首
装下为憧憬未来的展望

我的心很短
装下了一天的充实和丰富
装下了刹那的忧愁和欣喜

粉笔的情意

刘倩

在荡漾激情的春天
粉笔对黑板萌发了情意
明知一开始便是结束
却仍以最悲壮的方式
与黑板碰撞成数不清的尘粒
从空中坠下
圣洁如冬天里纷飞的雪

这就是粉笔对黑板的情意
如昙花瞬间的绽放
却把美丽铸成了永恒
如流星划破夜空
却照亮了一双双渴望光明的眼睛
如彩虹呈现雨后
却架通了现实与理想的桥

（指导教师：田宗胜）

173

影 子

张 奥

我们都有影子

在徘徊时，我和它一起等待夜的来临

黄昏前后，用最亲切的话语对它诉说离别

太阳缓缓落在地平线上

将影子拉长

在我后面，它渐渐虚无，转身

它又跑到了我的前面

影子化身为一阵烟

用手轻轻去摸

仿佛雾里看花，时而模糊，时而清晰

如时间一般，穿过掌心消失了

影子，光的产儿

有光的地方就有它的存在

它为光监督人们

让人们不去犯罪，明辨是非

它又为光惩罚人们

让人担心，害怕，悲伤

如果可以，我愿化作一个影子

去窥视自己的一举一动

在林间躲藏，捕捉我的黑夜

留守的心

尚天歌

我叠了两架纸飞机
心愿托着它们起飞
一只跟着南去的雁
一只随着北飘的云

一只飞到爸爸手上
请进城务工的他快把家还
风雨交加的夜晚
我多想靠紧他的肩膀

一只飞到妈妈怀里
告诉当保姆的她
我心里有个小秘密
梦中多少次
在她的怀里依偎

（指导教师：尚印）

175

第十二部分

想象空间

　　一位朋友正把我放进水壶里，下面还点了火，看来，我的一些兄弟姐妹就要远离大地，过那种四处漂游的生活了。

——凌艺文《水的自述》

"神舟六号"自述

孟庆志

嗨,大家好!我是"神舟六号",是正逍遥自在地遨游太空的"神舟六号",是饱含了华夏民族骄傲和自豪的"神舟六号",是聚焦了地球人目光和赞叹的"神舟六号"。如果说"嫦娥奔月"是古人所幻想的神话,我呢,我"神舟六号"载着人在距离地面350公里的太空轨道上飞行,那可是现实的神话呀!我的老祖嫦娥因偷吃长生不老药,一举升天,有贪求成仙贪求安逸之嫌,我呢,我可不是到太空瞎逛,我可是肩负着中国人的光荣使命呢。我畅游太空,环绕地球,是为了在探索外层空间、扩展对地球和宇宙认识的基础上,以求和平利用太空,促进人类文明和社会发展,从而造福全人类。是的,随着人类科技进步和社会发展,人们已经意识到地球资源已不是"取之不尽,用之不竭"。人类为了美好憧憬和社会进步,需要不断扩大活动领域。载人航天活动就是人类扩展活动领域和进一步大规模开发与利用空间资源的重要手段。诚哉斯言,我的价值和意义非凡吧?

我优生优育。仅用于发射我的火箭就有七十五项技术改动,使之拥有了更多的功能,也更安全可靠。与我的先辈们相比,我的各方面设计和性能都得到了进一步优化和完善,对我的技术改进就达一百一十项。又例如,在我的先辈"神舟一号"到"神舟五号"上所安装的黑匣子,是1994年研制的,存储容量只有十兆字节。而给我安装的黑匣子不仅存储量比原来大了一百倍,而且数据的写入和读出速度也提高了十倍以上,可体积还不到原来的一半。我最大的优势在于,跟我之前的"神舟五号"相比,我承载的航天员由一人变成了两人,飞行由一天变成了多天。而且,两位航天员届时要打开我的返回舱进入轨道舱,进行空间科学和技术试验活动,这实际上是第一次真正意义上的有人参与的空间科学试验,以便于充分地为地面生产提供技术创新和手段创新,从而推动国民经济发展。我牛气吧,这可不是吹牛!

其实，真正值得骄傲和自豪的事还在后头呢。那就是我后辈们的事情喽。前景如此广阔，未来那般美好。在从我开始的第二步和随后的第三步计划中，中国人将完成航天员出舱太空行走、飞船与空间舱的对接分离、发射空间实验室到建立永久性的空间实验室、深空探测、月球探考等一系列大举措、大手笔。等我的后辈登上月球的那一天，除了协助科学考察，还要"寻根祭祖"，同时还要向世人宣告：华夏人几千年的飞天梦终于如愿以偿！中国人在太空中的脚步会越走越远！

　　地球是人类的摇篮，但人类不能永远生活在摇篮里。人类飞向太空，拥抱太空，开发太空，势不可挡。是的，思想有多远，人类就能走多远。太空将为人类文明、社会进步和世界的繁荣做出更大贡献。

　　向太空这个人类文明的新领域进军，自然我们神舟飞船的功绩也会越来越显赫。想着想着，我就心花怒放了，哈哈哈哈……

（指导教师：孟宪法）

蓝色种族

沈 洁

一抹幽蓝斜斜划过，可是光尾似乎不是基地的燃料所能达到的弧度。刚结束的基地大战消耗了我们大量的能量，宇宙中的其他种族正窥视着这一切。

我与另一位战士驾驶飞行器追踪那不明的蓝色。

蓝色的光尾沿宇宙线飞行，紧跟了二百光年，驾驶仪紧急显示：前方有一巨大陨石，我机燃料不足，无法转移。再过十秒，机器会与陨石相撞。驾驶仪不断重复着这句话。我与伙伴马上跑入后备舱，可够逃生的一人座飞船只有一辆，我与伙伴对视了一会儿，他把我推入舱内，启动程序，自己却留了下来。我将活下去，我含泪望着陨石撞来，在无声的宇宙中，爆炸、死亡也变得异常平静。伙伴悲壮地死去了，碎片被搅入了时空黑洞中。

那抹幽蓝随着爆炸消失了，我立刻向基地求助。基地立即调来了空间轨道定位系统，锁定目标，然后告诉我基地资料被盗的消息，并表示已经加派战斗机给我。系统显示，不明蓝色物体在九区域七号轨道上运行。基地没有那条轨道的资料，因为那条轨道没人敢去，大家都称那条轨道为"蓝色死亡临界"。以前曾经有基地战士去冒险调查，可没有一个回来。在每一位战士向基地的最后呼叫中，屏幕上总会出现那抹神秘的蓝色。

飞行器到达九区七号轨道入口时，战士们都有些畏惧，蓝色的光晕附着在轨道的两侧，缓慢前行，两侧的幽蓝闪着冷冷的光，犀利而又神秘。

我派了一架侦探仪向深处探去，很久了，却没有回音。我们小心地前行，到达轨道的尽头，一面硕大的蓝镜摆放在入口，不时发出幽幽的蓝色，两架战斗机被镜子照着，像中了魔法动弹不得，随后一点点被吞噬掉。我赶快转身加速，可似乎有种神秘的力量把我往后拖。

"轰"的一声，我的飞行器似乎与什么相撞，强烈的辐射刺过来，我渐渐失去了知觉。

疼痛的感觉迫使我苏醒过来，我已被蓝色的屏障包围。我身边的设备也没有了，我本能地拍击屏障，可换来的是如电流般的力量钻入体内引起的锥心般的痛。我被俘虏了。"那不是以前基地上的战士吗？"我大喊道。但是没人回应我。

在后来他们走过的时候，我观察到他们瞳孔中有微弱的蓝光，他们被控制了，已不是我们基地的战士了。我的泪不停地流，滴在白色的战服上，散发着蓝色的忧郁。难道我也被控制了吗？不行，坚定的信念使泪滴重现了透明。我明白了，原来敌人就是用这个蓝色屏障控制基地战士的。我用随身带的变色装置，使自己也拥有那种神秘邪恶的蓝，以此获取信任。

同时，我计划着下面的每一步。终于，这个全身幽蓝的物种彻底相信了我，我试图接近密室和会议厅，在偶然的一次巡逻中，我听到了几个敌人的对话。

"现在，地球人马上就不复存在啦！"

"活该，谁叫他们把我们祖先创造的蓝色国度抢了！"

"就是，祖先原谅他们，可他们竟然把地球毁了，现在又移到宇宙，干扰我们的生活！"

"头领这次是动真的，听说已经收集了所有的资料。等到时机成熟，便会去彻底清杀所有的地球人。"

"好，让地球人为他们的恶行赎罪！"

紧接着是一声声得意的狞笑。

又来了一支巡逻队，我趁机跟着他们离开了。回到俘房舱内，我想了很久。这个外星种族是蓝色种族，曾经和我的祖先争夺过地球。他们的行为是对地球人的惩罚，但怎么能就这样让地球人灭亡呢？我想把这个问题化解掉，解除蓝色种族对地球人的仇恨，可自己有什么办法呢？

地球人与蓝色种族的战争终究无法避免，我伪装成一名蓝色种族的战士，跟着蓝色种族的部队出战了，并终于找到机会溜回了地球人的队伍。以前的基地同事认出了我，可我眼中的蓝色使他们不自觉地流露出恐惧的神情。

我诉说了自己的经历，他们还是将信将疑。最后，我把自己收集的重要资料全部告诉了基地的领导，蓝色种族也因为我的泄密没能打赢这场战争。

看着地球人得意地站在那些蓝色种族的俘虏面前，露出仇恨的神情，我回到自己的房间默默跪下了，向蓝色种族撤离的方向。蓝色种族的所有人，请原谅我的行为吧！地球人的称谓应属于你们，我们把你们祖先的梦想毁灭，还来伤害你们……

（指导教师：倪凤敏）

水的自述

凌艺文

大家好，我是无色、无味、无形的液体。朋友，你能猜到我是谁吗？我来自浩瀚无边的大海，来自轻飘多彩的云朵，来自万千绿叶的小小气孔，整个天地都是我的居住场所。我是这个世界上最自由不过的了，从天上到地下，从地上到海洋，畅通无阻。世界上的每一个地方，每一处角落都有我的兄弟姐妹。

我是无色、无味、无形的。什么？你不信？那就待我慢慢道来吧。

如果你要与我捉迷藏，那你一定找不到我。瞧，我们来做个实验：现在我和豆浆都已经放在你面前，在我和豆浆内分别放一根筷子。哈哈！豆浆是白色的，没找到筷子吧！而我呢，却可以把筷子清晰地显现在你面前。怎么样？这下知道为什么找不到我了吧，因为我是无色的嘛！

喂，这位朋友，你在闻什么呀？就算你带一只警犬到我面前，它也绝对闻不出我是什么味。瞧，我们来做个实验，麻烦你找些酒精来。虽然我和酒精的外观一模一样，但只要你闻一闻，马上便能区分开来。因为酒精有独特的气味，而我呢，却什么味都没有。

说到我的形状，那你绞尽脑汁都想不出了。把我放在圆形容器里，我就是圆形。要是你喜欢方形，就把我放在方形杯中吧。总之，我会百分之百的满足你的意愿，因为我可没有固定的形状呀，只好"入乡随俗"喽！你也别小看我哦，我会变魔术的。在温度高达100℃时，我将会变为气体；在温度低于0℃时，我又会变成固体。

看，一位朋友正把我放进水壶里，下面还点了火，看来，我的一些兄弟姐妹就要远离大地，过那种四处漂游的生活了。

这就是我，无色、无味、无形的我——水。朋友，你猜对了吗？

（指导教师：刘仁宏）